ある限界集落の記録

昭和二十年代の奥山に生きて

小谷裕幸

富山房企畫

まえがき

楽な人生であってほしいと期待するのをやめると、人生はとたんにずっと楽になる。

――マーク・ボイル

これは二十一世紀に入り、携帯電話、パソコン、テレビ、洗濯機、電動工具、時計などありとあらゆるテクノロジーの恩恵、利便性を拒否して、自分の身体だけを道具として、また動力として生きているアイルランド人マーク・ボイルがその著『僕はテクノロジーを使わずに生きることにした』の中で述べた言葉である。

本書でこれから見ていくものは、時代は太平洋戦争に敗れた後の大混乱期をひとまず克服し、復興へのかすかな芽生えが見られた昭和二十年代である。その舞台といえば、それは、道路はなく、電気がやっと夜に明かりをもたらしてくれるようにはなったものの、電化製品はまだなく、農業の機械化もなく、農薬の使用もまだなかった時代、したがってメダカやドジョウがまだ水辺に見られた高地の山村である。

中国山脈の奥深く、昭和初頭から十年代に生を受け、戦後の昭和、平成を経て令和に至る九十年前後を生きた者たちの記憶をここに再生する。もっと具体的にいえば、その者たちの目に映り、耳に入り、胃袋に入り、脳裏に刻まれたものの記録の再生である。

このようなバックグラウンドから、歴史の底辺に生きた人間集団の景色を、実体験した者として描写することをここに試みた。これは単に個々人の個人史だけを意味するものではない。人間は自然、社会の一部として存在している以上、これらの人間群像を取り巻く自然と社会、具体的には山村の一集落の自然や風習、動向と密接不離の関係にある。

故郷の暮らしは人が直接自然と共に生きるものであった。その代表が農作業であり、電気も農薬もないところからすべてが始まっていた。道路もなかった時代だから、すべては人力、手と足を動かすことによって営まれた。農作業、食糧の獲得や加工、保存、運搬、買物や通学、洗濯、どれひとつとして人が動力源だった。このために要する時間とエネルギー、苦労は際限がないといっても過言ではなかった。しかし、だからといって当時の集落の人たちがそのような境遇を不幸だと嘆いていたかといえば、必ずしもそうではない。それ以外の生活は考えられなかったのである。すべてはありのままのものとして受け入れられていた。

冒頭で引用したマーク・ボイルの発言は、テクノロジー万能を金科玉条とする二十一世紀においては、その批判的姿勢においてそれ自体として価値のあるものであるが、当時のわが集落では、楽な人生であってほしいと期待する以前に、人生とは今あるところのものそのものでしかなかったのである。昨日と同じ今日があり、今日と同じ明日があるだろうと達観して生きていたのである。諦めではないのである。生きるために食べ物を口にし、呼吸するのと同じように、ただ当然のこととして何の疑問もなく日々の営みを続けていたのである。

そのような人生観をもって生きた集落も今や限界集落の域をこえて、早晩無人の原野に帰することは火を見るよりも明らかである。そしてかつて人が生きた痕跡のすべてが形を残さず、すべての人間の営みが消え失せた里の地で、これから何十年も先の春は、かつて庭先だった場所で梅の花が芳香を放ちながら咲きほこり、晩秋には叢林と見紛うほどに木々が茂った畑の隅で鈴なりになった熟した柿の実が赤い塊となり、山際では濃緑の葉をバックにした柚子が、遠くから見るとまるで黄色い花のように豊かに熟れて夕陽の中に浮かび上がっていることだろう。

ある限界集落の記録——昭和二十年代の奥山に生きて

目次

第二章　四季のいとなみと行事

第三章　日常の楽しみと苦労

凡例

◇写真・図版の農具は当時使用していたものではなく、それに近いものを参考として掲載した。

◇写真について記載のないものは、兄弟姉妹四人のいずれかが撮影した。

◇引用文中の漢字は新字体に改めた。

◇文中、今日の人権意識に照らして不適切と捉えられる表現が含まれるが、当時を記録するため、そのまま使用した。

装幀・滝口裕子

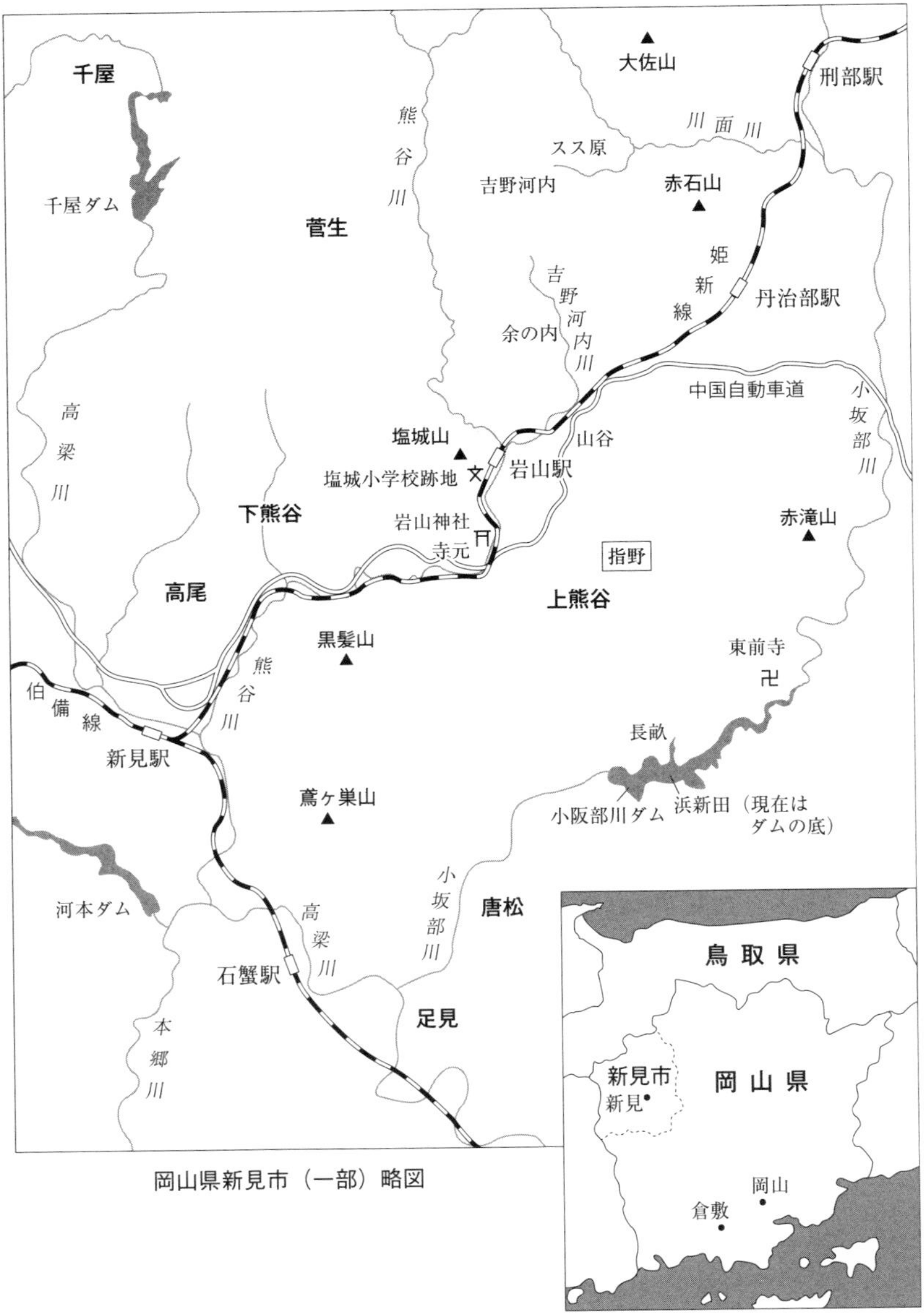
千屋
千屋ダム
菅生
熊谷川
大佐山
刑部駅
川面川
スス原
吉野河内
赤石山
姫新線
丹治部駅
吉野河内川
余の内
中国自動車道
小坂部川
高梁川
塩城山
塩城小学校跡地
岩山駅
山谷
下熊谷
岩山神社
寺元
赤滝山
指野
高尾
上熊谷
黒髪山
東前寺
熊谷川
伯備線
新見駅
長畝
鳶ヶ巣山
小阪部川ダム
浜新田（現在はダムの底）
河本ダム
高梁川
小坂部川
唐松
石蟹駅
足見
本郷川
鳥取県
新見市
新見
岡山県
岡山
倉敷

岡山県新見市（一部）略図

第一章
集落の風景

峡の棚田畔もとどめず野と荒れし哀しみ抱き街に帰らむ（小谷稔）

一　山あいの村

舞台は岡山県新見（にいみ）市大字上熊谷（かみぐまたに）の指野（さすの）という集落である。本書が描こうとしている時代にはまだ岡山県阿哲（あてつ）郡熊谷村大字上熊谷指野という地名で、昭和二十九年（一九五四）、日本全土でいわゆる昭和の大合併が行われた時期に市になった。東西南北、四面を山に囲まれ、東から西へと急勾配をなしている山の斜面に張り付くように形成された集落のある地点は、山腹の上方、海抜六百メートルほどのところに家が並び、下方は棚田や畑が連なっている。家のある三十度位に傾斜した集落の上方を集落のいちばん下方から見上げると、低い丘と田畑の広がる谷間とが交互に並び、ちょうど片手を広げたような扇形になっている。指野という地名は、案外この地形に由来するのではないかと推測される。

塩城（しおぎ）小学校、熊谷（くまたに）中学校（現在は廃校）、ＪＲ姫新線（現在の兵庫県姫路市と岡山県新見市を結ぶ線）の岩山駅、郵便局、交番、農協などは低地、海抜二百七十八メートル前後の地点にあるので、集落とは三百メートルあまり標高差がある。電気がついたのは昭和二十二年、道路が通じたのは昭和三十五年だった。

住んでいる場所と電気や道路の関係は集落の立地条件と関わりがあると思うので、若干の説明をしておきたい。

電灯がともるまで

集落は孤立した山間に位置していたので、市町村レベルでは電気が通じていても、その恩恵はわが集落にまでは及んでいなかった。それまでは夜になると、四角いいろりの一角に五十センチほどの長さの丸太を立て、その上に瓦を一枚置き、盆に墓で燃やすのと同じ肥えた松を短く裁断し細く割ったものを燃やして明かりとすることがあったが、これは頻繁に補給する必要があった。小皿にナタネ油を入れて紙か布で灯芯をつくり、点火して明かりを確保する方法もあった。これは明るさには欠けるが長時間役に立つという利点があったが、平安時代とさほど変わらない風景である。ローソクも自家製でつくることがあったが、原材料確保の問題もあり常用することはなかった。もう一つの明かりは灯油ランプだった。かつて山小屋で使われていたのと同じで、下部の容器に灯油を入れ、上部のガラスの火屋(ほや)の中に灯芯をつき出させて燃やすもので、これも長い時間の利用が可能であったが、ガラスの火屋がすぐ煤(すす)で汚れてしまうので、度々掃除して煤を拭いとる作業が必要だった。煤をきれいにする仕事は小学校低学年の子の担当だった。

そのような生活の中で電気が通じた。死期の迫った病床の父が寝ている部屋の天井に吊るされた裸電球に初めて点灯された瞬間の驚きと喜びは、八十年近く経った今でも鮮明に覚えている。アフリカやアジアの奥地で現在でも見られる風景と同じである。

山の道

現代文明から隔絶された山奥に道路が通じたのは、先に述べたように昭和三十五年で、それまではすべての物資の運搬は人力に頼るしかなかった。大きな丸太など人力で運ぶことが無理な場合には、他集落から馬を、馬主とともに雇うのだった。

ここで一つ、今にして思えば集落の奇妙な経験がある。電気を通すために電柱を立てる工事と、車両を走れるようにする道路敷設工事のどちらも、二十一世紀現在の常識からいえば、いわば公共のインフラ整備事業であるから、公共事業として地方自治体などが担うはずであるが、当時はすべて集落の住民の労働奉仕に託されていた。電柱を立てる時期は終戦直後の混乱期だったから理解できるが、道路工事は昭和三十年代半ばであり、公費の支援が多少あったかもしれないが、この時期になってもまだ基本的には住民の奉仕に委ねられていた。社会生活の大半は公的な責任だとする現在の風潮を省みるに、隔世の感のある当時の集落の姿であった。しかし当時の集落の人間からすれば、自分たちが労力を提供すれば道路が通じ、人や物資の移動、運搬が楽になるという桃源郷創造の期待と喜びがあった。

ただ、道路が通じたからといって、すぐに自動車やオートバイが利用できたわけではないので、通学など人の移動は相変わらず旧来の坂道を利用していた。道路は勾配をゆるくとる必要があるので距離が伸び、歩くだけなら坂道のほうがずっと短時間でよかった。

それはそれとして、このような事情を経て、昭和三十五年に道路が通じ、車両で物資の運搬ができるようになったが、それ以前は、人の移動は自らの足が唯一の手段なので、曲がりくねり、凸凹があり、石ころだらけの大小の傾斜のある坂道を毎日登ったり下ったりするのは、それだけで相当のエネルギーを必要とした。冬、雪が降り、立木を除いて全山が真っ白になったとき、早朝薄明、あるいは夜遅くの坂道は、一方は山の斜面、他方は崖となっているのに区別がつかず、通い慣れた道ではあっても慎重に足を運ぶ必要があった。しかし、このような苦労が人生に何のプラスももたらさなかったかといえば、そうとは限らない。いわば不便益と評されるべきで、受験勉強などするには通学に時間がかかりすぎて不如意な境遇、心境だったが、無理にでも足を使ったおかげで、体力がつき、男四人、女三人の七人きょうだいは、いちばん若く七十九歳で亡くなった長女を除き、八十歳代半ばから九十歳で一人ずつ亡くなったものの、令和五年の現在、九十三歳を頭に、九十歳一人、二人が八十歳代で、そろって健在である。

なお、かつて母親の法事があったとき、郷里の実家にはらからが集い、兄弟姉妹六人全員の短歌、漢詩を書道の得意な次男が襖に墨書したことがある。次に掲げる短歌はその中の一つで、四男である筆者の作だが、はらから全員が共有する思いである。


石ころも雪も氷も何のその心と体鍛えし坂ぞ

二　十二の家物語

指野には昭和二十年代、十二軒の家があった。その内七軒は小谷（おだに）姓で、それ以外は中村と小田がそれぞれ二軒、亀氏（かめうじ）が一軒だった。家業はすべて農業だった。お互いの家は屋号で呼び合っていた。なお、集落は地理的な配置から大きく前平（まえびら）、後平（うしろびら）という二つのグループに分類され、前者が集落の南側、後者がその反対に位置し、前者に五軒、後者に七軒が属しており、お互い分け隔てのない関係を持っていた。以下の紹介は前平の五軒から始める。各家は屋号で表記し、括弧内に戸籍上の姓を記している。

前平五軒の物語

ミナミ（小谷）

わが家については、大正末期の時代の家族から話を始めたい。父は明治三十五年（一九〇二）生まれ、母は明治三十三年長畝（ながうね）の生まれ。ともに十代後半の大正八年（一九一九）、二人は結婚した。仲人は近所の年寄りだったと聞いている。同じ人に長男夫婦も世話になっているので、二代にわたって世話をしてもらったことになる。父親の祖父の代には家族に男手が多くて家運が上向いていた。博労（ばくろう）で羽振りの良かった母親の実家からみて、手頃な嫁ぎ先とみなされたのだろう。三女のエッセイ集『父のわらべ歌』の中の「母の手まり」（本書終章）に詳しく書かれているが、母は娘時代に実家、嫁ぎ先共通の菩提寺である東前寺で住み込みで裁縫の修行をしていた。

指野集落の十二軒の配置図

九十二歳まで生きた母に対して、父は昭和二十二年、誕生日の一カ月前、四十四歳であの世へ逝った。二人の間に九人の子どもが生まれたが、成人するまで生き延びたのは男四人、女三人の七人だった。

七人のうちで最年長の長女（大正九年生まれ）は初婚で満州に嫁いだ。集落にはまだ電気が通じていなかったが、村の中心部にはすでに通じていて、映画上映があり、女優の原節子が登場すると、「愛ちゃんだ」（長女の名に由来）という声があちこちで起こるほどの美人で、親類縁者に注目される存在になっていた。乙女心が何に憧れを抱いたか知る由もないが、「満州に行く」とは夢にも思わない展開ではあった。とりわけ昔は親の言いなりになってどんな相手かも知らない結婚は枚挙に暇がなかったろう。母の実家の出の男性と、いとこ同士の結婚だった。

二児をもうけ、敗戦後母子三人で引き揚げる途中、船上で一児を失った。幼い娘と二人で先に帰国した長女はすぐに戦後の安穏な日本の生活に馴れ、夫は後景に退いてしまった。抑留されて帰国が遅れた夫は、戦前の道徳観などの観念にとどまったままであったためか、帰国後二人はすぐに離婚した。夫にとっては悪夢の再現だったかもしれない。長女はその後農業を営む旧軍人と再婚し、六児をもうけた。

ミナミ家を継いだ長男（戸籍上の長男は夭折のため本書では戸籍上の次男を長男として扱う）は大正十四年（一九二五）生まれ。結婚して男三人、夭逝した一人を含め女三人、合計六人の子があったが、三世代同居で家族数でいちばん多いときは十人だった。

長男は、青年学校（熊谷村立、在籍年数不詳。尋常小学校、後の国民学校初等科卒業後、旧制中学校、高等女学校、実業学校などの中等教育機関に進まずに、職業に従事する勤労青少年男女に対して教育を行う教育機関の一つ）に進み、その間に山口県宇部市の炭坑に動員で行ったそうで、深い坑道の穴を支える松材の組まれた様子など話して聞かせたことがある。しかし過去のエッセイの中でそのことに触れたことはいちどもない。特段の価値がなく記憶の彼方へ捨て去っていたのだろう。村費で師範学校へ進学するよう勧められたが辞退した。しかしそのことに未練がましい記述をしたことは全くない。日本人初のノーベル賞受賞者の湯川秀樹博士に手紙を書き、返事ももらうほど盛んな向学心がありながら、自身の病弱を父に助けられた想いや、長男が家業を継ぐという当時の時代風潮ゆえに潔く断念したのだろう。

父は貧乏ながら一人くらいは教育をつけたい思いもあり、長男、次男には半紙、クレヨンなど当時の地域や家庭環境からすれば破格の学用品を買って与えた。小学校では当時、紀元節に優良児童模範生として表彰する習わしがあったが、ミナミ家の長男、次男、三男の三人は揃い踏みで受賞した。表彰式に参列した父の喜色満面の表情や物腰を、長男はあるエッセイに誇らしげに書いている。けれども、父も三人目の三男では息切れしたのか、敗色濃厚な戦況のせいなのか、上の二人ほどには教育熱心になっていない。長男も兵隊に取られるし、時代の変転は抗しがたいものがあったのだ。

次男（昭和三年〈一九二八〉生まれ）は父親の夢が託されて師範学校に進学した。長女の満州の嫁ぎ先からの学費支援が大きかった。卒業後初任から八年間岡山県の新見中学校（現新見第一中学校）に勤めたが、一念発起して教員を辞めて上京した。勝手な推量をすれば、師範学校時代に歌人土屋文明に出会い、短歌の世界を知り、短歌の道を深めるとともに、貧しい実家との「わだかまり」を断ち切りたい側面があったのではなかろうか。その間の事情については、すでに過去の人となった故人に聞く術はない。

東京教育大学（当時）に編入学し、卒業後大阪府立四條畷（しじょうなわて）高校、奈良工業高等専門学校、奈良女子大学付属高校、奈良産業大学で教壇に立つ経験をしたが、その間に母は二百通ほどにもなる手紙を送っている。小学校四年生が最終学歴の人にしては注力がすごい話である。両当事者とも故人となった今、それらは不要な遺品として焼却されてしまうのだろう。

母はこまめに手紙を書いていた。書くことが好きだったかもしれないし、必要に迫られてのことかもしれない。

三男は昭和五年（一九三〇）生まれ。敗戦時は十五歳で社会的混乱の極にあったため、上の学校に進む機会を奪われただけでなく、若くして病死した父、軍人として出征した長男に代わって、十代後半で否応なく家業の農業など力仕事を引き受けさせられた。道直し（道端の草刈りや路面の補修など）といった集落の共同作業や消防出動など全部代行した。戦後、指野に電気を導入する電柱の穴掘り作業も深く記憶に刻まれている。当時わが家にあったスコップは先が錆び、柄も折れた代物だった。スコップとシャベルは地域によって呼び方が異なるが、集落では足をかけることができるやや大型のものをスコップと呼んでいた。

長男の復員後、三男は様々な職種で出稼ぎをし、やがて募集のあった自衛隊の前身の警察予備隊に入隊した。運命に翻弄されて青春時代を苦役のような肉体労働に捧げ、いわば時代と実家の犠牲になったこの三男について、その苦労を労り、自らはそのような苦労から免れ、一種の負い目を感じた次男は、七十年にわたって読み続けた短歌の中で次のような一首を残している。

農を疎み職の無ければ予備隊に行きし何万人かその中の弟

（『昭和万葉集』第九巻より転載。初出『アララギ』昭和二十五年十一月号）

この歌を『昭和万葉集』で目にした三男は、平成十三年（二〇〇一）十月二十八日発行の『全国牧水サミット記念歌集』の企画に応募し、全国で四人のうちの一人として優秀賞を受賞した。それが次に挙げる歌である。

吾を詠める兄の一首を古書店の昭和万葉集にしみじみと見つ

次男は長男のお陰で家業を継ぐ必要がなかった分、長男に対しても同じような負い目を感じている。

山の農に報はるるなく死にし兄この兄ありてわが自由得し

（『続はらから六人集』）

三男はその後除隊して受験勉強をし、二十五歳で新見高校に入学した。十歳年下の四男である筆者（昭和十五年〈一九四〇〉生まれ）が同じ高校に一年後に入学して聞いた当時の高校の先生の話では、このような年齢の生徒の入学を認めるべきか否か入試合格者判定の職員会議で問題になったそうである。高校受験に際してはローマ字の初歩から学ぶことを強いられた。戦争終結まで敵性言語である英語もアルファベットも学習する機会がなかったからである。高校卒業後は地元の新見市役所に就職し、定年になる一年前に退職し、公民館長などを歴任した。

もともと貧農なうえに、父の早世は三男以下の子供に甚大な影響を与えた。次女（昭和七年生まれ）は岡山県の南部で働きながら定時制の高校に通い、途中退学して郷里の新見高校に編入学し、いくつかの看護学校に合格したが、京都大学医学部付属看護学校に進学し、看護婦（当時）をし、引き続いて同付属看護学校で教壇に立つなどした経歴を持つ。三女（昭和十二年生まれ）は大佐（おおさ）高校を卒業し、倉敷に出て働き、同地で結婚した。末弟の筆者も新見高校を卒業し、大阪大学に進学し、学部、大学院修士課程を了え、その後鹿児島大学で教壇に立った。

わが実家は令和の時代になっても集落に残っている三軒のうちの一軒である。

以下は他家のことなので、素描に留める。

テラノマエ（小谷）

集落でいちばん豊かな家である。かつて屋敷内に観音堂があり、その堂は昔は寺で、屋号をテラノマエといった由来かもしれない。高価上質の石州瓦（せきしゅうがわら）の屋根のある堂々たる家屋で、客間用の便所があるのはこの家だけである。この家が指野の田んぼの一等地を多く持ち、豊かな山林を所有しているが、なぜ際立って一軒だけ豊かなのかその由来は不明である。集落で籾摺（もみす）り機一式を備えていたのはこの家だけで、他の十一軒は家々を順番に回ってもらって籾摺りをしてもらっていた。この家も令和の時代になっても集落に残っている三軒のうちの一軒である。

ニイヤ（小谷）

テラノマエの隣の家で、あちこち分散した田んぼを一ヘクタール（一町歩）以上耕作して冬期は炭焼きに余念がなかった。米の生産、牛の飼育など傍目にも力を入れている様子だった。昭和二十年代に家業を継いだ長男は海軍志願で、戦艦日向に乗り、奇跡的に無事復員した。その彼が胃ガンで病没したのが三十三歳とかで早世し、ほぼ一年後に妻も亡くなったため、長男の父母は長男の子どもたち、つまり孫たちを連れて次男を頼って倉敷に出た。ほぼ全財産を未練なく後平にいた分家のマエなどに売りわたして、身軽になって出て行った。家屋敷、田畑、森林、墓地を全部手放して指野から出て行った最初の家族である。

現在、この土地の木小屋には、マエ（小谷）の息子夫婦が住んでいる。

カメヤ（亀氏）

ミナミと親戚だが血縁関係はよく分からない。昭和二十年代の長男は、父親とともに木で橇(そり)を作って窪倒し（田んぼの区画整理）を効率的にやっていたが、両親をそのまま残して新見の町に出て、家を建て商売をしていた。娘三人は市内に嫁いでいる。両親が亡くなると子どもたちは早々と実家を解体した。蔵だけがまだ残っている。

マタバ（小谷）

この家にはかつてミナミ家の一人が婿に入ったことで親戚関係にある。長男は新見で大工に弟子入りして家を離れ、そのまま召集され、頑健な体格で満州の関東軍に配属され、兵役の先輩であるわれわれの父に軍事郵便の葉書をたびたび送ってきていた。懸命な日常を知って欲しかったのだろうか。フィリピンの戦況が厳しくなって、満州の精鋭関東軍は対ソ連防備のためだったが止むなく転進させられて、連合軍の餌食になって戦死した。

　指野の表玄関でもあるような場所に立つ大型の瓦屋根を伏せた母屋、納屋、蔵が残っているが、息子は岡山市に移り住み、墓参には帰ってきている。

後平七軒の物語

　ここからは後平のグループである。

コダスキ（小田）

　屋号で呼ぶとき、どういう漢字を当てればよいかいちばん困る家である。この家の長男の両親は、取り子取り嫁（夫婦ともに他からこの家の養子になって家を継ぐ）の形である。その嫁は早世してしまったが、われわれの父がその墓石の文字を書いている。くっきりとして整った配列の文字である。地域では通常は石工が自分で処理する習わしになっている。

　長男は市の職員になり、指野を離れ同じ旧熊谷村（以下、熊谷村）の法ケ峠（ほうがたわ）に家を建てて住んでいる。前平のニイヤの財産処理の一翼を担って田畑を買い受けたものの、イノシシの被害に遭って耕作もできないようだ。蔵は解体したが、母屋と納屋はいつでも居住や利用ができるほどちゃんと管理されている。長男が時々帰ってきていて、令和の時代に入っても集落の入り口に菜の花を一面に咲かせている。荒れ果て壊れゆくがままの故郷を見るに忍びず、たとえ春の一時期にせよ、朝日に、晴天下に、夕日に浮かび上がる黄金の絨毯を繰り広げて見せている。

ナカ（中村）

本業は農業だが、集落内に登り窯を作り瓦を焼いていた。当主は婿入りで、家付きの女房が美人だということを誇りにしていたらしい。指野の瓦屋根はテラノマエを除いて、ほとんどすべてこの窯で焼かれたもので、素人目ながら熱量が足りないからか焼きが不十分で、何十年も経つとどの家の瓦も苔が白く噴いたような艶のない、くすんだ色で古びている。長男は早々と指野を捨てて同じ熊谷村の太田の空き家を買って出て行った。

マエ（小谷）

夫は赤ら顔の丸禿げで、物に動じることのない風格の人だった。道を歩くにも常に腕組みをしていた。夫婦には男女の二子があり、男性は早世のうちに入ろうか。跡継ぎの娘に嫁いできた婿はわが家の長男と同年くらいの木挽きを生業とする力強い男だった。前平のニイヤが倉敷に出て行ったあとの家を買い取って、それまで住んでいた茅葺きの家は取り壊している。ニイヤの古い分家だと聞いたことがある。

この跡継ぎの娘夫婦には二人の子ども、娘と息子がいた。姉に当たる娘は田治部の建設業者の家に嫁ぎ、縫製業をし、新見市に合併直前の大佐町の町議を一期務めた女丈夫である。息子夫婦は、当初は買い取ったニイヤの母屋に移り住んだが、今では別棟の木小屋で寝起きをしている。姉の近くに立派な家を建てており、子も自立したので、母が亡くなれば指野を出て転居するという話だったが、実際に母が亡くなってみるとやはり捨てがたいのであろうか、令和初期の今もまだ住み続けている。

インキョ（中村）

わが家の三男の知るかぎり、同じ集落内で唯一、住む家の場所を変えたのがこのインキョである。戦前のことだが、現在の公会堂の裏に「さこだ」という屋号でこぢんまりとした家があった。今の見晴らしの良い場所に何時移り住んだか正確な年代は不明である。大工もしていて、ミナミ家の納屋を建てた人は父と同年であったと聞いている。今のインキョの茅葺きの家も古い家があったのであろうか、大工の腕でそのまま柱替えをしている。夫婦はどちらも集落の外から入った人で、連れ合いは熊谷村の中心部の集落、寺元から来ていると聞いた。

夫婦には四人の娘がいて、長女の婿は海軍に行き、四国沖で船と運命を共にし、長女はその弟と再婚した。次女は看護婦（当時）をしていて、独身時代は家から通勤していたので、わが家の病身の父は注射をしてもらっていた。おっとりした女性で、存命ならひと目お目にかかりたいとはらからは望んでいる。四女は新見市高尾に住んでいて、三男がたまに見かけるその息子の妻は、新見公立大学で教壇に立っているそうである。

シンタク（小谷）

ニイヤの分家で、三代目で跡継ぎが絶えた。娘二人と息子一人それぞれ結婚し、長男の後妻の身内が後見役で家周りの草刈りなどしている。後継者の有無に関わらず、田畑の荒廃は果てしなく続き、それらの公租公課は将来どうなるのであろうか。行政は納税管理人など厳重に指名して徴税は緩めないだろう。長男はウサギの罠かけが得意だった。力自慢で負い荷など集落の誰も太刀打ちできなかった。強健な体力で農作業をこなせば、即ち収入に直結する時代の申し子だった。後の「荒神祭り」（一四七ページ）でも触れるが、マツタケ採りの名人がいた家でもある。長男夫婦亡きあと空き家となっていたが、令和四年（二〇二二）、他家に婿入りしていた次男が母家、納屋など全ての家屋を解体し、処分した。

アタラシヤ（小田）

男の子が大勢いる家だった。一人長女が嫁いだ後は、母親も手を焼いたことだろう。長男に嫁をもらったが、程なくその夫婦は嫁の里へ出て行ってしまった。四散した男の子は消息も途切れ、末っ子が家に残るも、酒を飲み家の近くで転んで亡くなったと聞いた。わが家の三男が幹事として世話をした同窓会に、名古屋に就職していたこの家の次男がいちど出席し、浜名湖の鰻を食べに来るようにと誘ったが、あまり長生きできなかったらしい。娘が一人、小学校時代に日本脳炎で亡くなっている。家族の一人が日露戦争に従軍していた時の軍帽があり、子どもの遊び道具になっていたのが記憶に残っている。この家もテラノマエのように、他所の別の集落から二代続けて嫁いできている。

ワカリヤ（小谷）

知るかぎりでは、当時の長男の両親は二人ながら他所からこの家に養子に入った、取り子取り嫁のはずである。マタバの分家だとも聞いている。次男は機関士で、中国大陸で列車の運転中を銃撃されて戦死したが、長男は兵役に就かず、精農家として通り、わが家の長男も炭焼きを中心に知恵を授かり、売りものになるレベルの木炭をなんとか焼いた。わが家の長男の妻がこの家の長男といとこ同士の間柄であったから親しい付き合いができたのであろう。次女は同じ指野のマタバに嫁いだが、程なく離縁して隣接する旧丹治部村の尾原の叔母の家に従兄妹間（いとこ同士の結婚）に嫁ぎ、男二子をもうけ、長男は岡山大学を出て新見市役所で部長を勤め退職し、母を日夜介護している。

十二の家の消長

自然発生、自然消滅の対句が指野の消長を物語っている。潔く家を解体したのは五軒だった。蔵だけが崩れかけているがまだ残っている家もある。住んではいないが家がまだ残っているのは四軒で、一軒を除いて大型の瓦屋根や茅葺きの家々も屋根の一部が大きく崩れ落ち、屋根材や柱などの構造材が剝き出しになっているのが目につく状態なので、早晩すべて崩壊してしまうことだろう。

今なお前平のミナミ、テラノマエ、ニイヤ（後平のマエが移り住む）の三軒が肩寄せ合って残っている。昭和二十年代、集落の人口が最も多かった時期には十二軒で百人を超える賑わいであったが、令和元年

（二〇一九）になると、家は三軒合わせて十人未満となってしまった。集落の特徴をいえば、米作を中心として牛の飼育、木炭の製造などの林業を生業とし、取り子取り嫁やいとこ同士の結婚がかなりあり、この集落で暮らしていた中では、病気や老衰などの自然死は別として、太平洋戦争での死者が三人、前立腺ガンを苦にして縊死したり、家庭内不和による自死がそれぞれ一件ずつあった。集落出身で他所に嫁ぎ、出産にからむ病で命を落とした集落の出身者も二人いた。

かつて暮らしを共にした集落の出身者の行き先はそれぞればらばらで、その追跡はできない。昭和二十年代に暮らしていた人たちは、もう存命中のものは少なく、存命していてもどのような思いで集落を眺めているかは令和の今、知る由もない今日この頃である。

三　奥山の水事情

水は人間にとって必要不可欠である。エジプトとナイル川、メソポタミアとチグリス・ユーフラテス川、インドとインダス川、中国と黄河など、古代文明と川の関係を見れば一目瞭然で、川のあるところに文明は発達した。住民が百人ほどしかいなかった小さな集落の話を世界の古代文明から説き起こすのは場違いである。しかし、人間と水との関係は構造的にはまったく同じである。

これから進める話で容易に理解できるように、水の有無、水の確保の難易度でもって集落民の動向が大きく左右された。端的にいえば、集落の消長を左右したのである。もちろん、これも短絡的な言い方であることは認めなければならない。国全体の経済的社会的変動こそが集落の消長の最大要因であることは事実であるが、そのような変動要因の中で各戸で集落を去る動機、時期の差は水確保の難易度と無縁ではない。

結論から先にいえば、元号が変わり、令和の時代にこの集落に残っているのは前平（まえびら）の三軒だけで、残りの九軒は平成の半ばまでにはすべて集落を去ってしまっている。残った三軒とは、豊かな湧き水に恵まれている二軒と谷水がふんだんに利用できる一軒であり、前者の二軒のうちの一軒は水の確保に苦労した後平(びら)から転居してきた家族である。

飲料水の確保

ミナミ家の場合

実家の飲み水は九十年あまり前に建築した納屋の土台づくりに採石した跡地から湧き出ていて、枯渇することがない。家から百メートルほどの距離を、昔は孟宗竹を節を抜いて浅く土に埋めて導き、台所の水甕に貯めて使ったり、鉄道のポイント切り替えのように行き先を方向転換して五右衛門風呂に注いだりしていたが、昭和五十年代半ば、大飛躍があり、母屋の新築直後に三女の夫が倉敷からきて、器用な腕で水の湧き出る場所に本格的なコンクリート製の貯水槽を作り、ビニール管を敷設し、蛇口も付けてくれたので何の不自由もなくなった。水源と家屋との高低差は軽く十メートルはあるので、ビニール管さえあれば水を引くのに何の苦労もいらなくなった。家屋に導かれる水は台所と風呂の水道栓をひねるだけでよく、飲料水の確保で不便を感じたことは一度もない。ただ、貯水槽にもぐり込んだカエルがさらにビニール管へと入り込んできて管が詰まることがあり、金網を張って水槽の警戒を厳重にしている。

この湧き水は二手に分かれて利用される。一方は当然飲用だが、もう一方はこれも当然のこと農業用水である。家屋で使われず満杯になって溢れ出た貯水槽の水は谷水として流れ下る。しかしその水は田んぼに入る前に小さなせせらぎとなってワサビを育む。集落内でワサビを栽培し食したのは唯一わが家だけである。令和の時代になって稲作もやめ、田畑や野山の手入れを一切しなくなってからはワサビも自由に生育できるようになり、令和の現在ではかなり広い範囲に広がって繁茂している。

少し本筋から逸れるが、ワサビに関しては面白いエピソードがある。筆者は長い髪をした少女が登場するグリム童話の「ラプンツェル」に関して、彼女がまだ母親の胎内にいた頃、妊婦の嗜好のせいで夫が隣家の魔女の菜園からチシャを盗むことを頼まれ、盗みがばれて、生まれた子ラプンツェルを魔女に取られてしまい、ラプンツェルは高い搭に閉じ込められる。筆者はチシャの訳語の妥当性に疑念を持った。魔女だから、菜園で栽培するのは薬草のはずだと考えたからである。そのため、ドイツのミュンヒェンの植物園に質問状を送ったところ、植物園からは、ラプンツェルについては時代によって呼称が一定していないので、グリム童話に出てくる植物の特定はし難い、という回答だった。現に、スイスにはラプンツェルというドイツ語名に相当する植物が六種類もあり、植物園の回答に納得した。植物園では、その回答ついでに筆者にある依頼をしてきた。それはワサビのタネを送って欲しいというものだった。筆者は静岡のワサビ農家に依頼してタネを送ってもらい、それをドイツの植物園に送った。昨今、テレビでは諸外国で日本食ブームだと喧伝されているが、もし、ドイツでワサビが栽培され、普及しているとしたら、筆者の貢献度は高いことになるが、栽培が普及しているか否かは確認していない。

話を本筋に戻そう。

せせらぎの水はもう一つ、故郷の風景、きょうだいの春の思い出の原風景とも言える遊びを提供してくれる。谷水の流れをまとめて落下させ、フキノトウの水車を回すのである（本書第三章、扉の写真）。茅葺きの屋根の雪が母屋を揺らしながらどどっと滑り落ちる頃、中途半端に溶けた雪道は歩きにくく、ひたすら暖かい春を待つ人々にとって、フキノトウは春の先駆けの使者である。雪が減り、谷川の両岸に垂れ下がり、水滴をポタポタと落とす透明な氷もわずかしか残っていない時期に芽を出すフキノトウは、待ちに待った春の到来を告げてくれるのである。文字どおり「日本の歌百選」の一つである唱歌「早春賦」の世界である。ある程度成長したフキノトウを切り取り、葉を剝がし、筒状になった茎の両端から数センチ、四〜五か所裂け目を入れて数十分水に浸けておくと、筒は両端のほうから反り返り始め、車輪のようになる。その段階で筒に細い竹やススキの穂先を通して、まとまった流水の落下地点に設置すると車輪のように回転する。ふるさとではこれを水車（みずぐるま）と呼んでいた。われわれはらからの誰もがこの原体験を共有している。次の句はそのような郷愁にも似た心情を詠んだもので、三男の句集からの引用である。

蕗の薹まわし昔をたぐり寄す　（『草いきれ』）

飲料水ではないが、家庭生活に密接に関わる水の利用がある。それは池である。集落内で水の確保が容易な三軒では、庭に池が二つはあった。一つは野菜や食器を洗うためのもので、もう一つは農作業をした後で手足を洗ったり洗濯をしたりするためのものである。

ミナミ家の水の味が良かったことも付言しておかなければならない。故郷を去った者が帰省の実感を味わう一つの手がかりはこの水の味であった。もう一つ、帰省して翌朝目覚めたとき、筧（かけい）から池へと滴り落ちる水の音を耳にして故郷を実感したものである。次男は奈良県に住んでいて、短歌グループ新アララギ派の機関誌「新アララギ」の選者をしていて、九十歳であの世に旅立ったのだが、短い入院期間の中の臨終間近の病床で詠んだ辞世の歌と言ってもよいような歌を残している。望郷の念の強さが滲み出ているので、ここに転載しておきたい。なお、この歌は毎日新聞奈良県版「やまと歌壇」の「選者の一首」として掲載されたものでもある。

薬剤の副作用にて喉渇きふるさとの天然水ひたすら恋し

テラノマエの場合

テラノマエは谷水を筧で引いて大きな池に落として利用していたので、分量的には特に不自由はなかったけれども、何しろ湧き水でなく谷水なので、きれいな水を飲みたいという欲求があったかもしれない。今はかねてから利用していた谷水の水源地近くに水槽を設置して、そこから水を導いて飲料水としているという。

ニイヤの場合

指野一味の良い飲料水だ。ミナミ家の水がうまいといってわざわざ飲む人もあったが、これは水が湧き出ている場所のすぐそばに道があり、農作業の行き帰りの途中で気軽に口にすることができたからである。ニイヤの水はそれよりも格が上だった。これは質量ともにいえることで、湧き水が筧で引く高さに出ていて、家の裏の緑のコケに縁取られた小さな長方形の鉢石の水槽にまず落としていた。学校帰りの、われわれの集落よりさらに山奥にある草野の子どもたちが飲みに寄っていた。ニイヤの人が留守であっても遠慮はいらない。鍵などどの家にもなかった時代に何の盗難事件もなかった頃の話である。ニイヤではその水を中庭のもっと大きな池に導き、さらにもう一つ大きな池へと流して、田んぼへとつないでいた。豊かな湧き水に恵まれた立地の家だった。

カメヤの場合

母屋の横に木小屋があって、その裏に池を掘っていたが、雨水が溜まるだけで使い物にならなかった。庭先に「突き井戸」を掘っていた。地面に直接パイプを打ち込む工法で、打ち込み井戸とも呼ばれる。大きな穴を掘る必要がないので、狭い場所でも掘ることができ、少ない人員で施工できる、大型重機が不要なので重機の搬入経路の心配が少ないなど、多くのメリットがある工法だという。

マタバの場合

昔、道路がまだなかった頃、ニイヤの脇を走る道の南西側の下手にガマの生える湿地があって、そこに小さな池があった。マタバはその池から筧で家に水を引いていたが、水量が乏しく不満だったようで、庭で井戸掘りをした。深さは三メートルくらいだった。幸い水が出たので筧はやめてポンプを取り付けて汲んでいたが、それでもいちいちポンプで汲み上げるのは農作業に追われる家族には負担が大きかったのか、労力なしで水を利用している近所の家に目が向いて我慢がならず、遂にミナミ家の水源の横に貯水槽を据えてビニール管を土中に生けて水を導いた。優に二百メートルはあるだろうが、ビニール管という文明の利器のおかげで実現した飲料水獲得の光景である。

コダスキ、ナカ、マエ、インキョ、シンタクの場合

家の裏には大きな山がありながら、水の流れる谷が一本しかなく、この五軒が共同でコダスキの上手に池を作り、天秤で水を汲むのが共通の境遇だった。このうち四軒は井戸を掘った話も聞かないし、大量に水が要る物事（＝行事）の時は大変だったろう。シンタクは後年庭先に井戸を掘っていた。

次の二軒は、後平の五軒組より一段低い位置にあった家である。

アタラシヤの場合

アタラシヤは、いちど見たことがあるが、台所の中に湧き水の池があった。文字通り池で、ポンプや釣瓶式の井戸ではなく、桶かバケツ、あるいは柄杓で汲み上げて使ったものらしく、天秤で運ばない分楽だったとはいえ、いちいち手作業が必要だった。地面の窪みがあるだけで、何の柵も囲いもなくて恐ろしかった記憶がある。母屋、納屋、蔵などすべてきれいに解体して家屑が置いてあるが、湧き水は集落を去ってからも稲作を続けている隣家のワカリヤの田んぼの水として役立っているのだろう。

ワカリヤの場合

ワカリヤの飲み水は、これも家の下手の湧き水をためた池から汲んで、斜面を十メートルほど上がって台所や風呂などに運んでいた。この池でこの家の女の子がひとり溺れて亡くなっている。

譲り合う農業用水

田んぼの水

飲料水の確保には家毎に独自の形があったが、田んぼの水は谷川の水をどう確保するか、物理的にも比喩的にも我田引水の精神が発揮されるところである。集落の十二軒のうち、前平では湧き水を含めて谷川を形成する水源は三本あり、三軒は独自の水系で繋いで田んぼから田んぼへと落としていく場合がほとんどで、一部、他家に流す程度で治まり、二軒のうち一軒は湿田で特に流水を必要とせず、もう一軒は田んぼが下方にあったという位置の関係で流れてきた水を使いさえすればよかったし、そうするしかなかった。

この五軒とも集落の家のある場所以外にも田んぼがある家があり、坂道や小高い丘を越えて遠いところまで出かけて稲作をしていたが、その場合には、ほぼ独占的に水を確保することができた。言い換えれば、水が確保できる山腹を開墾して田んぼを拓いていったということである。

後平の七軒で見れば、井戸水以外の水源としてあるのは二本だけで、その水量も少なく、耕作面積はやや限られた程度にしか確保できず、開墾された平地の多くは主に畑作に向けられていた。また、隣接する他の集落に田んぼを保有している家も数軒あり、集落の水とは別の水の確保があった。

このうち四本がまとまって一本の川になり、集落ではおつけ川と呼んでいたが、史書では小谷川と記されている。もう一本の川は集落の北側を下って、尾原からの水系に合流する細い流れだった。

こうして十二軒の農業用水は交換分合的な譲り合いの精神で特に目立った水争いはなく経過した。

植林政策の失敗

しかし、農業用水という限定された視点でなく、水資源という観点から言えば、戦後、昭和二十年代、三十年代の全国を挙げての植林政策は大きな汚点を残した。昭和二十五年（一九五〇）に施行された「造林臨時措置法」は「荒れた国土に緑の晴れ着を」をスローガンにして太平洋戦争で荒廃した山林の復活を呼びかけ、成長の早いスギを中心としてヒノキなどを加えた人工林の育成を全国的に奨励した。第一回全国植樹祭が行われたのもこの年である。山林を復活させ、山林資源を活用すべく植林を実際に行った実家の側から見るならば、雑木林を伐採してスギやヒノキの苗を大量に植え付け、子、孫の代に資産として残してやろうと労力を惜しまなかった。

ところがその山地の住民たちの努力、労力は、その注いだエネルギーに見合うだけの利益をもたらさなかった。むしろ虚しい徒労だけを招来した。せっかく植林した樹木が成長して建築材などに利用できそうな段階になった頃には、外材が安く能率的に輸入できる時代となり、国産の樹木はその存在価値をほとんど失ってしまった。それにとどまらず、スギやヒノキの森林は保水力が弱く、集落の水も乏しいものに変貌してしまった。これらの針葉樹は根の張り方においても落葉樹に比べて浅く狭く、大雨が降ると容易に土砂崩れを起こす。人によっては花粉症の災難も引き起こしている。春先になるとスギ花粉で苦しむ人は結構いる。

おまけに、労働力不足で森林の管理をする人材が集まらず、育たず、森林の手入れがされなくなっている。文字通り宝の持ち腐れである。他方では、東南アジアの森林を安い賃金、安い価格で伐採しまくり、あるフィリッピンの人が言っていたことであるが、これほど大量に日本が東南アジアの木材を輸入するのは日本に木材がないからだと思っていたが、日本に来てみると緑がいっぱいで驚いたという。日本の経済的繁栄の背後には東南アジアの環境破壊という副産物があるのである。

水車の利用

集落において、水車は精米、製粉の必須の設備だった。単独であるいは共同利用の形で、集落には時期的に必ずしも重ならないが、七カ所に水車小屋があった。単独で所有していたのは五軒、二軒または三軒で共同利用していたのが二組五軒、残りの二軒は所有していなかった。

わが家は分類すると単独で所有していた形だが、時代によって場所を変えていた。つまり水車を動かすに十分なだけの水量に恵まれた場所を持たなかったのである。借りるときは親戚が使わない夜間を利用していた。わが家の場合、水系は結構あったが、どれも水量が豊かとは必ずしも言えず安定的に利用できたわけではないが、必要な精米は可能であった。

普通、夕方臼に玄米を入れて水車を稼動させ、翌朝でき上がった精米を掬って帰るか、朝入れて夕方持って帰るかするのだが、よく盗まれていた。盗んだ犯人は見当はついていても敢えて犯行現場を押さえることはしなかったので、犯人は一応わからないままで終わらせている。盗まれるのを防ぐために子どもが朝早くから弁当持ちで水車小屋で見張りをし、夕方できあがった精米を持って帰宅することがあった。一回に搗く米の量は十五キロ（一斗）程度だった。昼間、集落で耳にする音はカラスなどの野鳥や夏のセミなどを除いては、多くの家で飼っている鶏や、全戸で飼っている牛の鳴き声か、水車が米を搗く音だけであった。

水車小屋内（岡山県津山市　津山市蔵）
郷里では、杵と臼が一基だった。

精米に関しては、水車だけでなく、唐臼という名の足踏み式臼の精米設備も活躍した。漢字だと「からうす」と「とううす」という二種類の器具を意味するが、精米で使うのは「からうす」のほうである。わが家の場合、三男が器用な腕前を発揮して庭土間に設置していて、蔵を解体したときに出た二メートル近い柱などの角材である棹木（横木という呼称もある）の先端に五十センチあまりの別の丸い材木である杵を直角に取りつけ、土間を掘って埋めた石臼に入れた米を搗く。遊園地にあるシーソーだと、支点の左右は同じ長さだが、唐臼の場合は極端に左右の長さがちがい、支点から短いほうの棹木の端を足で踏んで、外すと、長いほうの先端に取りつけられた杵が落下して、石臼の中にある米を搗く仕掛けである。文字通りコメツキバッタという名前のとおりの格好である。一人でまたは二人で足踏みをし、回数を数えたり、おしゃべりしながら何百回となく踏んでは外す作業を続ける。足踏みをしながら短歌などを暗誦する者もいた。一回に七・五キロ（五升）ほどの米を一時間はかけて搗く。水車だと労力、手間がとても少なくてすむが、水の乏しい時期だと機能しないので、この唐臼があればいつでも精米できる便利さがあった。

からうす（宮崎県西都市銀鏡、昭和47年　須藤功撮影）

　集落で唐臼を備えた家は全戸とは限らないが、ある程度の数はあったように記憶している。水車の場合、共同利用と書いたが、唐臼の場合は家の中の庭土間にあるのが普通なので、借りて使わせてもらうことが建前であり、わりかた気楽に貸し借りをしていた。

　いうまでもなく精米、製粉のやり方は世界各地でいろいろあるが、水車がいちばんポピュラーではないだろうか。風車となると、オランダなどが有名だ。他には臼を使い、手で杵を直接叩きつけて搗くやり方もある。その文脈の中で唐臼(からうす)があるわけであるが、その名称からすれば中国伝来のものであろうか。ちょうど日本でサツマイモ（薩摩芋）と呼ばれるものが、鹿児島ではカライモ（唐芋）と呼ばれるのと同じである。ちなみに、中南米原産のサツマイモは琉球を経由し、種子島、鹿児島に至ってカライモと呼ばれ、鹿児島から本州へと伝播する過程でサツマイモと呼ばれるようになった経緯がある。脱線ついでに、英語やドイツ語ではサツマイモのことを「甘いジャガイモ」と表現している。サツマイモはヒルガオ科に属し、ジャガイモはナス科に属しているので誤解も甚だしいが、改まる気配はない。

集落のゆくえと水事情

本節冒頭で、川のあるところに文明は発達したと書いた。これは世界史が証明している。わが集落の誕生、存続、消滅も水との関わりで理解できる。水に恵まれた前平から住みつき、屋号から推して後平に分家などが多い。そして平成時代になると水に恵まれない後平から集落を去る家が続発し、平成十五年（二〇〇三）で五軒にまで減少した。前平の四軒と後平の一軒である。しかしその後前平の一軒と後平の一軒が集落を離れたので、令和元年（二〇一九）では前平に三軒だけが残っている。水がなければ文明どころか住居を、そして故郷を捨てなければならないのである。集落の消長が日本の社会構造や経済的要因に左右されていることは論を俟たないが、水が果たしている役割も大きいはずである。

◆世界の水事情――地下水路

ここで目を広く海外に向けると、集落の動向とは全く相容れない事例がある。中国にトルファンという土地がある。地域の中心にある盆地は海抜マイナス一五四メートルの地点にあり、年間の降水量は多くて五十ミリほどだという。極度の乾燥地帯でドライフルーツの生産が盛んである。現地を訪れるとわかるが、屋根は日差しを避けるためには必要だが雨を防ぐためには要らないほどである。これほどの乾燥地帯にどうして住むことができるのかというと、その答えは地下水路にある。主たる水源は天山山脈にあり、そこから地下のトンネルを通して水を導いている。地表水だと水は蒸発してしまうからである。トンネルの高さは一・五～一・七メートル、横幅〇・六～〇・七メートルで、一本のトンネルの長さは五～二十キロもある。地表から掘り下げる深さは浅くて十メートル。ここで想像してほしいのだが、これほどの長さのトンネルは地下の掘削だけでできるわけではない。当然竪穴が必要である。竪穴は二十～三十メートルおきに掘られる。いつの時代からあるのかについては諸説があり、どの説を採用してよいのか素人には即断は許されないが、何百年も前から存在していたことは確かである。電気もない時代に地下深く潜り、どのような明かりを灯して掘削作業をしたのであろうか。また、利用を始めると水路はいつの間にか泥がたまる。それを一定の期間を隔ててすくい取り、地上に引き上げ、捨てなければならない。維持管理が大変である。この施設を現地ではカレーズと呼んでいた。筆者がシルクロードの旅をして知り合いになった福岡県大牟田市の人は「水が枯れーず」だと冗談をいっていた。このようなカレーズがトルファンだけで四百本あまりあるという。

ではこのカレーズ、人類が最初に発明したのはどこかが問題となる。トルファンでカレーズと呼ばれる地下水路は北アフリカにもある。北アフリカでは「フォグラ」と呼ばれているそうだが、同じものがイランにもある。イランでは「カナート」という呼称があるという。カナートはアラビア語で、これをペルシア語でいうと「カレーズ」だという。イラン駐在の日本大使館に駐在した外務省の関係者から手紙で教えていただいたもので、その人はイランの地下水路が中国に伝えられたのではないかと説いている。イランではこのカナートが順調に水を供給できなくなると、水路が地表面に出る開渠のある地域では生活が困難となり、住人がいなくなっていくという。これは余談だが、イランやイラクでは平地が途方もなく続き、先の外務省の関係者の手紙では、クエートからバグダッドまで車で十時間かかるが、その間の高低差は二十メートルほどしかないということである。そのように平坦な地で水がうまく流れるように水路に落差をつけるためには、太古の昔からかなり高度な土木の知識と技術が必要だったはずである。

四　家の造り

集落の十二軒の家は当然のことながら互いに違いはあるものの、共通するものも多くある。いずれも農家であることから母屋と納屋はどの家にもある。それ以外に蔵や離れなどがあるかないかで違いが出る。

母屋は平家か二階建てかのいずれかで、わが家を含めて八軒は平家、四軒が二階建てだった。二階建て四軒のうち、二階は物置としての空間であって、居住に利用していたのは一軒だけだった。屋根に瓦を伏せていたのは四軒で、茅葺きは八軒。瓦を伏せていた四軒のうちの一軒は終戦まで檜皮葺(ひわだぶ)きだったが、戦後瓦葺きに改めた。その際、資金不足で自力では改築ができなかったので、「瓦講」という組織を利用した。「講」というのは江戸時代に盛んだったとされる相互扶助組織で、宗教的な組織と金銭的組織とがあり、集落の一軒は後者の組織を活用した。他所から人を集め、賑やかに会食などして改築をスタートさせたが、これについての記憶を持つ三男の知るかぎり、「瓦講」が見られたのはこの一件だけだった。瓦葺きの四軒のうち、品質の良い石州瓦(せきしゅうがわら)を伏せていたのは昭和もずっと後のもう一軒を加えた二軒だけで、他の二軒は集落内に築かれていた窯で焼いた、やや質の劣る瓦を伏せていた。

茅葺きの八軒はいずれも平家で、茅はわが家では茅野と呼んでいた自前の茅場で毎年刈り取ったものを何年もかけて納屋に保存していた。茅場は、わが家の山林の一部を近所の家と交換して手に入れたもので、家屋を維持保存するためには不可欠な存在だった。わが家では幸い納屋は、母屋や中庭から見れば二階建てだが、反対側から見れば三階建ての地階部分があり、その広い空間に必要量を確保していたが、茅葺きの家が多かっただけに、十分な量に足りない場合には親戚などと融通しあっていた。また、経年で部分的に屋根が傷んで溝のように落ち込んだ場合には、稲藁や麦藁を束ねて差し込んで補強していた。母家は昭和五十年代に解体して瓦屋根の家を新築したので、屋根の葺き替えはそれ以前だけでのことだが、終戦時十五歳だった三男の記憶では二回経験しているから、十五年から二十年に一回くらいのペースだったようである。

母屋の間取り

わが家について母屋の間取りをまとめると、以下のような構造になっている。部屋は全部で八つある。築年数は不明だが、昭和二十年代の時点で百年には届いていなかったようだ。

庭（玄関）

わが家では玄関のことを庭と呼んでおり、床は土間で、奥行きが一間半（約二百七十センチ）、横幅が二間（約三百六十センチ）で、玄関戸は上半分が障子で、幅が四分の三間（約百三十五センチ）あり、鍵はついていなかった。中に木製の臼、大釜と唐臼（からうす）が備え付けられていた。木製の臼では餅を搗いたり、コンニャク玉を潰したり、味噌や醤油を作るために大豆を潰したりし、大釜は餅米を蒸したりコンニャクや大豆を煮立てたり、茶葉を蒸したり炒ったりするのに利用していた。足踏み式の唐臼（からうす）は精米、製粉に利用していた。雨が降らなくて水車が十分活用できないときには便利な装置だった。

中連（ちゅうれん）

この空間にある窓を中連窓といい、一般的には床面から八十～九十センチの高さに、横百八十センチ、縦九十センチ程度の窓がついているものをいうが、わが家もほぼ同じで、集落内でも似たような空間がある家が数軒あった。わが家では三畳の広さで、夏場は板敷、冬場は藁の筵を敷いていた。

土間の玄関に入るとすぐにあるもので、簡単な接客をはじめとして、のし板を広げてうどんを打ったり、盥（たらい）と石臼を据えて大豆を碾（ひ）いて豆腐を作ったり、座敷と中の間をつなぐ通路にもなっていた。また、中の間、奥の間には回り縁があったが、中連から回り縁を通って奥の間に行くこともできた。客がわが家の家族の寝室である中の間を通ることなく客間に行くこともできる配置、構造になっていたが、客がそのような動線で客間に出入りする例はなかった。遠慮なく家族の寝ている中の間を通っていた。

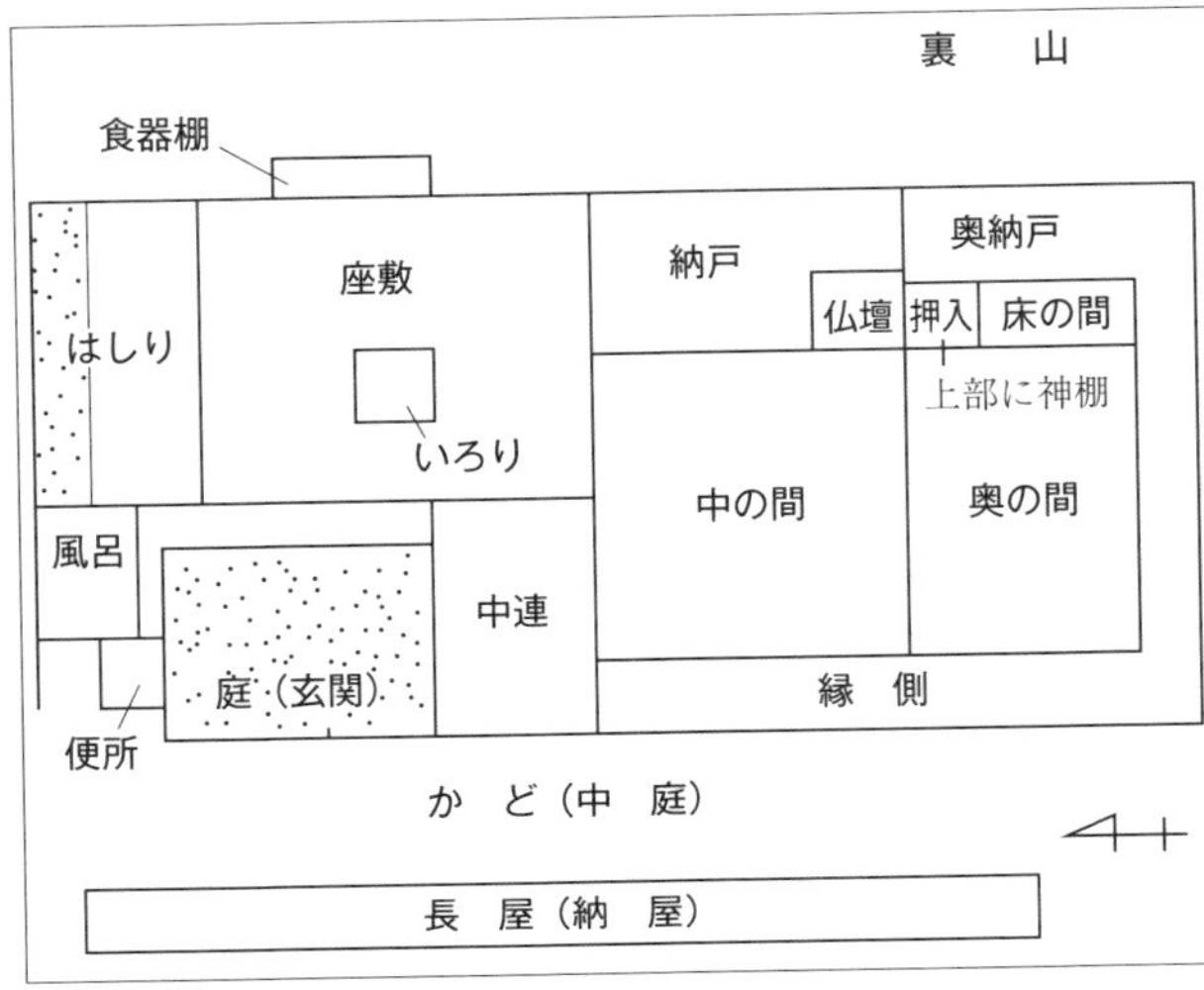

母屋の間取り図
（かどと長屋は位置のみを示す。）

中の間

家族が寝たり子どもが勉強する部屋。八畳で、真ん中に掘り炬燵があり、冬季、家族は四方から炬燵に足を入れて暖をとる。子どものための勉強部屋はなく、勉強机もなく、当然電気スタンドがあるはずもなく、部屋の真ん中の天井から吊るされた二十ワットの薄暗い裸電球の下で子どもは勉強した。坐机が一つあり、夏場はそこで勉強した。部屋にはタンスが二棹置かれていたが、一棹は嵌め込み式で、上半分に仏壇が備え付けられていた。タンスの引き出しには預金通帳とか現金などが無造作に収納されていたが、子どもが盗んだり、泥棒に盗まれたりしたことはない。平成や令和の時代には家に鍵がかけられているが、昭和二十年代の当時、家に鍵などそもそも取り付けられていなかった。

座敷

日常生活ではいちばん使われる空間だった。座敷とは、一般的にいえば客間のことだが、郷里では客間のことを奥の間といい、座敷とは居間を意味していた。十畳あり、真ん中に三尺四方のいろりが掘られ、食事、休憩、夜なべ仕事に使われた。藁の筵を敷き、一間幅の食器棚は外に突き出た配置だった。いろりの火はほぼ年中絶えることはなかった。天井から自在鉤が吊るされ、米を炊く以外たいていの料理がなされたほか、灰の中にサツマイモや卵、クリなどを埋めて焼いて食べた。スルメのほか、イワシやサンマの骨も同じく焼いて食べた。そのおかげか、はらからの歯で八〇二〇運動（「八十歳になっても自分の歯を二十本以上保とう」という運動）に合格していないのは一人だけだった。

いろりの中に五徳はあったが、それは鍋やヤカンを載せるためで、間食の餅、ヨモギ団子、カシワ団子、スルメなどは、「テキ」と呼ばれ、縦三十、横十センチほどで、縦に幅一・五センチ、厚二、三ミリの板状の物が四本渡してある鉄製品で焼いて食べた。料理をするとき以外は鉄瓶を吊るしていたので、いつでも湯があり、いつでも茶を飲むことができた。いろりの真上に半間四方の穴は空いていたが、煙突というものはなかった。天井は真竹（まだけ）を並べたもので、適度の保温と適度な煙の排出がなされた。また、煙は屋根の茅を燻（いぶ）したので防虫の役割も果たした。この天井の上には冬場、コンニャク玉を並べた。寒さに弱いコンニャク玉はここで無事に冬を越すことができた。

はしり

この表現は、一般的には「台所のながし」というものであるが、わが家では台所全体を意味する場所だった。土間を含めて四畳ほどの狭く、細長い空間だった。竈（かまど）が二基備え付けられ、飯を炊き、おかずなどの煮炊きをした。はしりといえば、腰が曲がりかかった母親が忙(せわ)しなく座敷との間を行き来する姿が思い起こされる懐かしい場所だった。

わが家で唯一ガラス窓があったのはここだけで、戦後増築して設置したものである。屋根は錏庇(しころびさし)で軒下から一段下がった庇となっていた。飲用、炊事用の水は百メートルほど離れた水源地から節を抜いた竹をつないで直接台所に導き、甕に貯めたり、さらに延長して風呂桶に導いたりしていた。台所や風呂に用いない場合には台所の外側で溝に落として流していた。

ここは自家製の味噌や醬油の他、梅干しやラッキョウなどの保存食を貯蔵する場所でもあったので、一般には下屋(げや)という物置程度の意味の空間だったが、下屋という言い方は記憶にない。

風呂

五右衛門風呂で、燃料は山から運んできた薪だった。週に二、三回沸かしていた。利用は入浴だけとはかぎらない。長男が戦地から帰還した時は、軍服など着ているもの一切を風呂に入れ、煮えたぎらせてナンキンムシ、ノミ、シラミの駆除をしたものである。これは一回きりのことだが、はらからの中には、岡山市などの都会から帰省したときには必ず着ていた衣類を風呂の熱湯に入れて煮立てたという経験を有する者がある。ノミ、シラミの駆除のためである。毎年の利用としては、早春、稲の種、つまり籾を袋に入れてぬるま湯の風呂水に浸けて発芽を促し、芽が出かかったら引き上げて苗代に蒔き、稲の苗を作っていた。

便所

風呂と玄関の土間に隣接した場所に内便所として設置され、もっぱら小便用に利用された。小便は肥桶で汲み出して畑などに撒いていた。大便用は長屋（納屋）に外便所として設置していた。

納戸

母親とわれわれ子どもたちが中の間を寝室として使用していたのに対して、長男夫婦とその子どもたちは納戸と呼ばれる部屋を寝室として使用していた。一般的には物置を意味する空間であったが、部屋数と家族構成からの選択だった。タンスを置き、中の間の仏壇を載せたタンスが突き出ている分、実質は三畳半しかない部屋だった。

奥納戸

納戸に接してあった空間で、もう一面は奥の間に接していた。出入りは奥の間に接する回り縁からなされた。ここは居住にはまったく利用せず、純粋に物置だった。ただ、集落十二軒持ち回りで年一回開催する備中神楽のときには、神楽を舞う出演者の控室の役割を果たしていた。

奥の間

改まった客を迎える客間、客や帰省した子どもが寝室として使うもので、六畳の広さがあり、掛け軸を飾る床の間は一間で、神棚は同じ部屋の押し入れの上に設置されており、御幣や餅花と呼ばれる餅の飾りを、正月から飾っていた。床の間の横に客用の布団や座布団を収納する半畳分の押し入れがある。家の中ではいちばん奥まった場所に配置されていて、日本の標準的な呼称だと「座敷」と呼ばれる空間である。普段は使わない暗い部屋だったので、子ども心に一人で入るのは怖い場所だった。

母屋の周辺

長屋（納屋）

納屋とは、農家の物置小屋のことであるが、わが集落ではこれを長屋と呼んでいた。長屋とは、通常落語でお馴染みのように、「長い一棟の建物をいくつかに区切り、一区切りごとに一戸とする住宅」（『現代国語例解辞典』）のことだが、わが集落でそのように呼んだ理由はわからない。十軒は瓦葺きで、そのうち九軒は中二階建て、母屋と同じくやや質の劣る瓦を伏せていた。茅葺きだったのは二軒であった。

ほとんどは物置だったが、住居に利用していた家も数軒あった。収蔵するものを列挙すると、米、麦や豆類など田畑の産物、農具類、稲や麦の藁、茅葺き屋根の葺き替え用茅などがあり、蔵がない家では味噌樽、醤油樽、漬物桶なども置いていた。

物の収蔵のほか、牛小屋としての厩舎の機能も重要なものだった。各家に一頭か二頭の成牛が飼育され、仔牛が生まれると、競りに出すまではその仔牛も仲間に入る。隣の集落には母屋に厩舎を組み込んでいた家があった。衛生環境の面から抵抗感があるかもしれないが、家畜に対する家族の親近感、愛情が成せる技でもあれば、畜舎に対する寒い冬の暖房対策の面もあり、人と家畜の間の空間的、心理的近さが見て取れる。わが集落では厩舎はすべて長屋にあったが、仔牛を競りに出す時などは、母牛の悲しい叫び声が集落に響き渡り、涙を流しながら仔牛の姿が見えなくなるまで見送るわれわれの母親の姿が脳裏に焼きついている。

厩舎と並んで、便所も多くは長屋に付設する家が多かった。完全に別棟の外便所の家は数軒に限られていた。衛生上の観点から母屋以外の場所に設置したのは当然だが、どの家も長屋では牛を飼っていて、大量の堆肥が溜まり、糞尿は化学肥料の登場以前は重要な肥料だったので、畑に運んで行って撒く、いわゆる「肥くみ」に便利な場所が選ばれた。

納屋の軒下は鶏小屋とか薪の貯蔵に利用された。炊事、暖房、風呂の燃料がすべて薪の時代だったから、薪の量はかなりのものだった。

蔵、離れ、木小屋

分厚い土壁の蔵があったのは集落十二軒のうち、十軒だった。土壁のままがほとんどで、壁に漆喰を塗って白壁にしていた家は一軒だけだった。その白壁も、戦時中は敵機に見つかりにくいようにと、煤で黒く塗りつぶしていた。味噌樽、醤油樽、漬物桶などのほか、集落の会合で使われる陶磁器や漆器などの大量の食器の置き場所でもあった。母屋でも長屋でもなく、蔵でもない建物のある家が三軒あった。一軒は離れと呼び、若者たちの居室とし、もう一軒は木小屋と呼び、文字通り薪を貯蔵し、もう一軒は隠居した老人が家族とは離れて寝起きしていた。わが家では蔵は終戦前に解体してしまった。修理がきかないほど損傷がひどかったのである。その廃材が唐臼（からうす）の棹木として活用された。

かど（中庭）

母屋と長屋の間にある空間を「かど」と言っていた。中庭のことで、門口は別にあったが「門」と書いて「かど」と読むのが妥当と思われる。ゴマや豆類を干したり、タバコの葉を吊るして乾燥させるなど、屋敷内での農作業のほとんどがここで行われた。片隅には杭を立てて牛を繋いでいた。夏場の夕方はほぼ毎日、牛に夕涼みをさせながら毛のブラッシングをしていた。

令和初期の集落の家々

令和元年現在、人が住んでいるのは三軒だけで、早晩一軒だけになる可能性がある。そうなると、一軒だけで頑張っても、不便さや心細さがまさり、インフラの維持管理など個人としても行政としても負担が増すだろうから、集落を去る公算が大である。そして二十一世紀の半ばを待つことなく、何百年か前の原野に戻って、草木が、特に孟宗竹がわが物顔に茂り、人間と野生動物の役割が交代して、サルやイノシシなどの楽園となるであろう。ただし、人間が住まないとスズメやツバメが住みつくことはないであろう。

第二章
四季のいとなみと行事

故郷の思い出去来おちこちに蛍火の如あわく幾すじ（伊藤美春）

一　季節ごとの農作業

農家に週に一回とか二回の休日はない。日々大食する牛を飼っているだけでも、その世話は欠かせない。雨天だとか酷暑だからと言って、それで寝て暮らすわけにはいかない。次の季節、次の作業の準備がある。テレビなどでよく田舎は長閑（のどか）でよい、とレポーターなどがさも田舎を賛美しているような感想を述べることがあるが、農家には「長い閑（ひま）」などない。人びとがゆっくり動いているから、とゆとりのある生活だと羨ましがるポーズを見せることがあるが、農作業は陸上競技で例えれば、瞬発力を競う短距離走ではなく、息長くコンスタントに力を使うマラソンなのである。それも全天候下での。現在の、そして未来の家族のために義務感と喜び、希望を胸に秘めて、巡り来る季節、変転する日々の天候に合わせながら、労働を一日、また一日、そして一年、また一年と続けていく。それが農家の暮らしなのである。

冬（一、二月）——雪に覆われて

現在、地球温暖化で積もる雪の量は減ったけれども、昭和二十年代の集落ではこの季節、ほぼ白銀の世界が広がっていた。三十センチも積もることは稀ながら、十センチ程度の雪は常に地面を覆っていた。昼間の日差しである程度は溶けるが、溶け切らないうちに夕方となり、ふたたび氷結する。息ができないほど横殴りの吹雪となることもないではなかったが、集落の景色はスギやヒノキ、マツ、孟宗竹などの濃緑色と雪の白色でシンプルに彩られていた。

暦の上では十二、一、二月を冬という。しかし、『広辞苑』によれば、冬の原義は「寒さが威力を振るう」季節のことである。暦の上では三月はすでに春であるが、郷里の実感では三月はまだ冬である。ありがたいことにこの実感を肯定してくれる記述が同じ辞書にある。「天文学上では冬至から春分まで、すなわち一二月二二日頃から三月二一日頃まで」のことをいう、となっている。

この寒い季節に農作業といわれるものは、山で炭を焼いたり、郷里では束木（たばぎ）と呼んだ束ね木を作るか、屋内の作業をするかの三種類だった。

炭焼き

炭焼きはクヌギやカシなどの雑木かマツを原木としていた。マツの炭は柔らかく、火持ちも悪かった。カシを焼いた炭はかたくて上質だったが、原木があまりなかった。いちばん多かったのはクヌギだった。四・五町歩（ほぼ四・五ヘクタール）ほどの山林があったので、伐採する原木が多く手に入る場所に窯を作り、十分成長した木を伐採して焼いた。しかし、窯を作るにはさらに条件がある。それは、水が近くにあることである。窯を覆う天井の部分は土をこねて立錐の余地なく並べた原木の上に敷き詰めなければならない。粘土質の土があることも望ましい条件だ。

わが家はこれらの条件を満たす立地に恵まれていた。さらに、わが家の場合、屋敷と地続きの田畑や山が数百メートル連なっていたので、自宅の庭から炭焼き窯のようすを見ることができる山が二カ所あり、わざわざ窯のある場所まで行かなくても煙の具合、つまり量とか勢い、濃淡のチェックができた。窯の中の状態を知るもう一つの手がかりとしての煙の匂いだけは流石に窯のそばまで行かないと分からなかった。三女は十代のあるとき、煙の色のチェックをするようにといわれ、人気のない遠い山の奥の窯を見に行かされたという。

良質の炭を焼くには経験が大きくものをいったのだが、窯に原木をぎっしりと立てかけ、窯の奥に煙突を、手前に焚き口をしつらえ、生の木の枝を二日間にわたって休むことなくひたすら燃やし続ける。筆者は大学受験に失敗し浪人していて、この作業を担当した。二日間、弁当持ちで、片時も窯から離れず木をくべつづけた。枯れ枝をくべた記憶はない。生の木のほうが火力が強いのだろう。英単語はこのようなときに暗記した。

窯の中の木に火が完全についたら、焚き口を塞ぎ、焚き口のやや上方に窯に空気を入れるための小さな穴を残す。中の木が炭化したと判断したら完全に口を塞ぐ。何日間か時間をおき、人体でなんとか耐えられるほどの熱さに下がるまで待つ。窯の中の温度がやや下がると、焚き口を壊して焼けた炭を取り出す。木炭は重要な現金収入の一つであり、長さを切りそろえて俵に詰めて、坂道を背負って下り、集荷場の農協に運び入れる。一俵の重さは十五キロで、力自慢の男は四俵も背負っていたが、ふつう三俵で一人前扱いされた。小学校高学年の子どもは一俵だった。出荷用に切りそろえた後の木炭の端切れは、自家用としてこたつや火鉢に利用した。クヌギは根元から伐採すると、株から新しい芽が出て成長する。生える場所が広い面積を保っていたので、成長と伐採の循環システムは順調だった。

なおクヌギは皮も収入源になった。皮は、辞書によっては染料の材料とされているが、当時の認識では、コルクの原料として売れた。皮剝ぎは炭焼きとは別の時期で、農閑期の夏場が主だった。クヌギで太い木だと、皮を剝ぐ仕事は大人がするのが通例だが、中学生の男の子だとある程度ならできた。長さが五、六十センチほどの木の棒に稲藁で編んだ縄とか、故郷ではカズラと呼んでいたクズの蔓やアケビの蔓を現場で調達してくくりつけ、クヌギの幹にしばりつけて足場とし、一方の手で幹にしがみついたり、枝をつかんだりして上半身を支え、他方の手で一メートル程度の長さで上方から下方に向かって皮を剝いでゆく。剝ぐのに使う道具は五十センチ程度の長さの孟宗竹（もうそうちく）のヘラだった。先端を平たい槍のように鋭く尖らせたもので、磨り減るとまた削りなおした。皮を剝ぎ終わると足場を下げて同じ作業を繰り返す。なるべくきれいな切断面の長方形になるように剝ぐことを心がけたものだった。

束ね木作り

山でのもう一つの作業は束ね木作りだった。森の木を伐採し、五十センチほどの長さに切りそろえ、斧で割って、直径三十センチほどの針金の輪っかで束ねる。三男は近所の同世代の若者たちと連れ立って、近隣の集落の人の山林に入り、等しい面積で分担し、木の伐採から始めて輪っかに束ねるまでの全工程を一人でこなしていた。製品としての束ね木は、山の中腹から麓へとワイヤーを張り、滑車をつけて運び下ろす。請負仕事の範囲はそこまでで、それで賃金を得ていた。あまり大々的でない場合には、すべてが人の手と足でなされた。

筆者は小学生のとき、標高差三百メートルの坂道を束ね木を一束背負って低地の道路のある場所まで降りる作業を繰り返して小遣いを稼ぎ、その褒美として村（当時、熊谷村）の駅（岩山駅）から、同じ集落の年上の男の子に連れられて汽車（当時、国鉄で蒸気機関車牽引）に乗り、隣町（当時、新見町）の新見駅まで行った。人生初めての汽車の利用で、乗り方も知らなかったので、列車に乗り込むとき靴を脱いで乗ろうとしたことを覚えている。海の水が塩辛いということは話には聞いていたが、実際に海を見たことがなくて、小学校六年生の修学旅行のときに瀬戸内海の浜辺で同級生みんなで海水を舐めてみて、はじめてそのしょっぱさを実体験したような田舎者であったので、列車の乗り方を知らないのも当然のことだと弁解するものであるが、時代によってはこの自己弁護も正当化できそうな話があるので付け加えておきたい。平成二十二年一月の朝日新聞の「歴史のダイヤグラム」のコーナーに「列車内で靴を脱ぐ日本人」（原武史）という記事があり、明治初期の列車で、ホームに靴を脱いで乗ってしまい、目的地に着いたときには靴が見当たらなかったというエピソードが紹介されている。それはさておき、新見の町ではその年上の男の子の親戚の家でサンマをご馳走になり、町で軟式のテニスボールを買い、帰りの列車の中でそのボールで遊んだ。そのボールは、しかし、窮屈なポケットにねじ込んだため、その日のうちにすぐに空気が抜けてしまった。七十年あまり昔のことである。

いろりの周りで

冬の屋内での仕事は主にいろりの周りで行われた。

大人が筵（むしろ）、米俵、叺（かます）、炭俵を織り、藁草履を作る傍らで、子どもたちは「いいそ」（稲刈りのときに、刈った稲を束ねる稲藁の紐）を綯った。最初の四つを織るのは布の織機と同じ構造原理の器具で、織るものによって大きさや構造に若干のちがいはあるが、いずれも自家製だった。

筵は稲藁を数本ずつ通して密に織り、畳一畳と同じ広さのものを織った。この織機を筵機と書き「むしろばた」と呼んでいた。同じ発音の日本語でも筵旗となれば、江戸時代の百姓一揆で掲げられた筵の旗となり、どちらの漢字を当てても農民層の苦難が偲ばれる。茶もみとか師走の大々的な餅搗きのときの餅を並べるのに用いられたほか、いろりのある居間や庭土間に接した中連という、三畳の間にも敷かれた。寝室や奥の間と呼ばれる客間には畳があった。同じ規格でガマで織ったものは床に敷いたときの感じが柔らくて上品な印象だった。また、縦横四十センチほどの背負いかごもガマで織って利用していた。背中に当たる感触が優しかった。ガマの穂はフランクフルト・ソーセージそっくりの色と形をしている。

米俵は自家用米の保存だけでなく、供出米を入れるのにも用いられたので、入念な仕上げだった。なにしろ、米俵は一俵十五貫（六十キロ）もある重い容量のものの入れ物だったのである。かますは漢字で書くと叺だが、筵を半分に折りたたんで左右を閉じ、袋状にしたもので、大豆や小豆などの保存に用いられた。炭俵は、中に入れる木炭が棒状の固形なので、織り方はやや雑でもよかった。これはススキの茎で編んでいた。しかも、細長い長方形の短い辺同士を結びつけ、中に木炭を丸く差し込むもので、木炭の断面が並ぶ側面は木の小枝で覆うとか、桟俵という丸い藁細工で塞ぎ、縄を交差させさえすればよかった。

筵や米俵、叺を編む作業は主に女手で進められた。炭俵や藁草履作りは男の担当だった。縄を綯うのも大人の仕事だった。足踏み式の機械で稲藁で綯う作業で、何巻も綯って備蓄し、年間の農作業に備えていた。これに対して、子どもたちが綯う「いいそ」は、稲藁の先端部のほう三分の一ほどだけ綯って、先端に結び目をつけて、解けないようにする。これを五十本単位で束ね、田んぼに持っていく。すると、この「いいそ」の使用数で稲の束の数が把握され、稲架にかけられる分量のおおよその見当がつく。同時に、その年の米の生産量が豊凶のレベルを含めて予めおおざっぱに推測される。

春（三、四、五月）——本格的な農作業の始まり

溶けかった雪で道がぬかるみ、屋根の庇の氷柱（つらら）から水滴が滴り落ち、屋根に積もった雪が家を揺らしながら庭に滑り落ちるとき、実家の庭からの視線をやや上げてはるか西の彼方を見やれば、中国山脈の峰々はまだらな雪模様を残すだけとなり、人びとは春の訪れを実感する。

田植えまで

最初の仕事は雪の積もった田んぼに灰を撒くことである。少しでも早く田起こしができるようにと、スクモといって炭化させた稲の籾殻や、風呂とかいろりの灰を集めて白い雪の上に撒く。雪解けを早めるためである。次は一畳分くらいの長方形の温床を作る。四面を稲藁で囲い、中に堆肥を入れて表面に土を敷くとできあがりである。堆肥の成分で発酵が進み、温度があがり、早春の冷気の中で暖められた蒸気が立ち昇る。サツマイモの種芋を埋め込むと発芽が促進される。そのほか、野菜の種を撒くと、芽が早く出る。現在のように花や野菜の苗など売られていない時代、地域でのこと、短い高原の夏にできるだけ早く多くの食糧を確保するためである。

田んぼでは、まず牛糞堆肥を運んで撒く。リヤカーも大八車も使えず、ましてや馬車や牛車など使うことなどあり得ない高低差の激しい棚田から棚田へと背負って運ぶことしかなかった環境の下で最初の重労

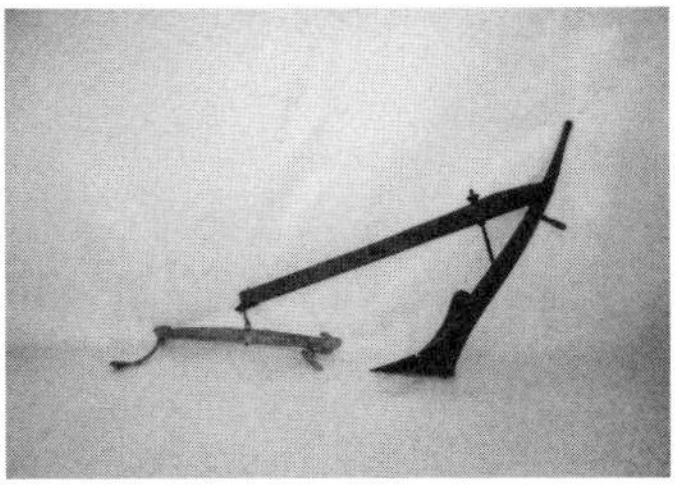

左：うしんが（牛鍬）、右：まんが（馬鍬）（岡山県津山市　津山市蔵）
まんがは、郷里では「まぐわ」と呼んでいた。

働が強いられる。この作業に男女の区別はない。

その次は男の仕事で、牛鍬を使って牛に田起こしをさせる。郷里では「うしんが」と呼んでいた農具で、粗起こし、場合によっては二番引きをする。この段階では田んぼにまだ水は貯めていない。牛にとってはかなりの重労働で、体調を気にしながら働かせたものである。田んぼは外側から内側に向かって円を描きながら耕していくが、牛はコースを心得ていて、人が手綱で方向を指示しなくてもちゃんと耕すべきコースを進んだ。

その次は水を貯めて、馬鍬を使い牛に曳かせる。馬鍬はそのまま「まぐわ」と呼んでいた。この作業を代掻きという。これで土の塊はほぼなくなる。塊がちゃんと壊れていない場合には再度馬鍬で梳く。アジアにはこの作業を人間が二人で引っ張ってしているところもあるが、多分民族というより、牛や馬、水牛を飼育できない農家に限られた情景であろう。わが家ではそのような経験はない。その次は人力頼みの作業となる。柄振と呼ぶものの登場である。現在のグランド整備のトンボと同じような構造、機能の農具で、水位を保ちながら土を均していく。これは牛のように引っ張るのではなく、手で押したり引いたりするものである。

この田起こしには二段階あって、苗代用の田んぼと稲を栽培する田んぼ全部の準備とある。作業の手順は今書いたとおりである。まず、なるべく日当たりがよく、冷たくない水が導ける田んぼを選んで苗代をつくる。この時点ではまだ田んぼの水に氷が張るようなこともあり、昭和二十年代の当時、素足でしか作業ができなかったので、戦前の父親とか戦後の長男は過酷な労働を強いられていたようである。そして、入浴後の風呂水に稲の種籾を浸けて発芽を早めるように仕向け、それから苗代に蒔く。

畑では麦が実る。大麦と小麦である。刈り取った後はそのまま脱穀して、筵に広げて干す。大麦は農協に持っていって押しつぶしてもらう。つまり、平麦にしてもらう。小麦は製粉してもらう。利用の仕方は「自給自足の豊かな食卓」でみるとおりである（九二ページ）。

夏、秋野菜のための畑作りは人力だけで済ます。牛糞堆肥、人糞尿、落ち葉などが肥料として活用される。金肥、つまり化学肥料など、代金を支払って手に入れる肥料が使われるようになったのは戦後もかなり落ち着いてからだった。野菜は自給自足が大原則だった。後でも触れるように、野菜の種類は多岐にわたった。キュウリ、ナス、トマト、ジャガイモ、ニンジン、ピーマン、エンドウ、インゲン、ソラマメ、タマネギ、タカナ、サトイモ、サツマイモ、ナタネ、ゴマ、トウモロコシ、大根、白菜、大豆、小豆、ネギ、ゴボウ、カボチャ、果実を干瓢（かんぴょう）にするユウガオ、ウリなどで、それぞれ旬の時期に収穫された。畑の作業は稲作の作業の合間に行われた。

長女が再婚で嫁いだ畑作地帯では水が乏しくて水田での稲作がなされず、野菜類や麦類のほか、キビとか、ヒエ、アワ、葉タバコの栽培が多く見受けられたが、わが家ではキビ、ヒエ、アワなどはほぼ栽培されなかった。なお、長女が嫁いだ地域は、現在ピオーネの産地として地歩を固めている。

田植え

再び、田んぼの話に戻る。

「日本の歌百選」に入っている唱歌「夏は来ぬ」で見事に歌われているように、田んぼの周辺の山際に卯の花が咲き誇り、ウグイスもかなり上手に鳴けるようになったころ田植えが始まる。一家総出の大仕事である。それも何日も何日も続く。子どもは学校を休んで一家の仕事に加わる。小、中学校としては初夏と秋に「農繁休み」がそれぞれ三日ずつ設けられて全校一斉に休校にするのだが、高原地帯のわが集落では田植え、稲刈りの時期が低地のそれより早いために全校一斉の休校は役に立たない。そのため、休校時には家で遊ぶか、手伝いをさせられるか、となる。子ども心には、勉強をしなくてもよい日が多くなったので、得をしたような気分になった記憶がある。と同時に、農業を営んでいない家庭の子は、農作業はないのに休校の恩恵にあずかるのは不公平だとも思っていた。

苗代で育った稲の苗を抜いて、大人の手でひとつかみ程度の分量を「わらすべ」でしばる。「わらすべ」は「わらしべ」ともいって、日本の昔話では「わらしべ長者」というのがある。部分的には似た話、つまり類話がインドにもあって、「悪い夢」（『パンチャタントラ物語』）というのがある。どちらも金銭的に価値の低い物から価値の高い物へと交換して次第に豊かになる、という筋立ての物語であるが、前者は本当に豊かになるのに対して、後者は中国の故事「一睡の夢」と同工異曲で、次第に豊かになったというのは夢の話でしかなかったというものである。逆の話がドイツの「幸福なハンス」（『グリム童話』）で、こちらは主人公ハンスが奉公で稼いだ報酬の、頭ほどもある大きな金塊を金銭的に価値のより低い物へと交換して次第に身軽になり、何か物を持って気にしたり、失うことを心配することからすっかり解放され、ほっとする。そのことを神に感謝しながら最後は無一文となって、母のいる生家へと帰っていく。

わらすべで縛った苗を田んぼに運び、ばらばらと程よい間隔で投げる。いちいち運んで置くのではなく、植える面積に相応した束数の苗を投げてばらまくのである。田植えは両端に位置する人間が綱を張る。綱の一端は杭か細い鉄棒になっており、地面に突き立てる。他方の端は田んぼの幅に合わせて棒とか板、専用の器具で巻き取って調整する。これでまっすぐ植えることができる。綱には大豆大の球状のものか、紐や布を巻きつけたものか、色の印かが一定間隔でつけられており、その印に合わせて苗を植える。腰を九十度以上も折り曲げての作業なので、決して楽なものではない。田植えは耕作する面積や、働き手の数に左右される。早く終わったところは親戚を手伝う。十二軒ある集落でわが家と親戚関係にあったのは四軒だが、お互い手伝い合ったのはわが家を含めて三軒だけだった。別の集落の親戚と応援し合うことも珍しくなかった。

ここで、まっすぐ植えることについては注釈が必要であろう。まっすぐ植えることでその後の農作業、特に除草がスムースになるからである。しかし、これは次の季節の話題である。

田植え綱（岡山県津山市　津山市蔵）

父の召集

そういう平凡な暮らしの中に、突然国家の構成員の一員を自覚させた父親の兵役がある。田植えの真っ最中であろうと容赦はない。召集令状だ。おそらく役場から係員が夜中にこっそりとやって来て、赤紙を渡すのだ。四、五日の猶予はあったであろうが有無をいわせない。兵役の予備軍たる青年が集まって出征する家に運動会の万国旗のように飾りつけたり安全祈願の千人針やらお宮詣りと、総出の支援である。そういう時勢での田植えは、一家だけでは不可能である。なんとかやり遂げたのは親戚その他の応援があってのことだろう。わが家で実際にあった父親の徴兵にかかわる話は、終章の「母の手まり」で三女が書き残してある通りである。

麦刈り

地域によっては稲作の裏作として、田んぼで麦を栽培するところがあるが、わが家では大麦、小麦はもっぱら畑で栽培した。田植えという、春から初夏にかけての農家にとっての大イベントが終わってから麦刈りはなされた。ただ、耕作面積はさほど大きくなかったので、作業量も収量もかぎられていた。

茶摘み

田植えの後は茶摘みがある。茶は畑を縁取るように植えて栽培した。茶摘みとなると子どもは学校を休んで働かされた。年齢的に上の次女は母の茶摘み唄を聞いているという。「夏も近づく八十八夜……」で始まる文部省唱歌の「茶摘み」の唄が有名だが、母のはそれとは歌詞も節回しもちがうものだったという。具体的な歌詞やメロディーは忘れてしまっているが、のんびりとしたテンポの男女の相聞歌だったという。

母は娘時代、上の姉二人といっしょに毎年茶摘みをしながら歌っていたので、何十年後も覚えていたらしい。庭土間とそれに接続する三畳の中連の間が茶揉みの作業場だった。庭土間に据えつけられた大窯で煎り、新しい筵に広げて茶揉みをした。なるべく細く揉むようにと指導された。母は茶揉みの最後に筵の網目に残っている茶の粉を集めて緑茶として飲ませてくれた。次女には八十年ほども前のその味の記憶が鮮烈に残っているという。特に記憶に残っているのは、濃厚な緑色をした茶の甘さだったそうである。後年の知識で言えば上等な抹茶の味がしたという。保存はブリキの缶でし、密封を心がけていたが、大家族の家庭では数カ月は飲むことができたとしても、丸一年分には足りなかった。不足分は、客用には買った茶葉を用意し、自家用としては茶の木の枝を折ってきて、いろりで炙って番茶として飲んでおり、これがいちばん多かった。季節によってはアケビの葉を炒って飲むこともあった。

夏（六、七、八月）——稲の手入れ

田んぼの稲葉が背を伸ばし、密度を増して色濃く田んぼを覆う頃、昼間はツバメが一直線に、夕方はホタルがゆらゆらと飛び交い、田畑は繁茂の時を迎える。

草取り

稲の成長と天候をみながら田んぼに貯める水の量を加減し、順調な生育を期する。そこで　注釈を兼ね

除草機（秋田県横手市、昭和30年代　佐藤久太郎撮影）郷里でもだいたい同じものを使用していた。

て、次の農作業の話に移る。除草である。故郷では「田の草取り」と呼んでいた。これは刈り入れまで数回行われる。すべて人力だ。稲が比較的小さい時期は、除草機を使う。緩やかに曲がった金属の歯が一列に数本並んだものが前後それぞれ四列あり、手で押して回転させて地中にある雑草の根を穿つ。実家では一列だけの除草をする一条式の手押しだった。この除草機を機能させるためには、稲の列と列の間隔が一定の幅を保っていなければならない。

稲が成長してくると、人間が四つん這いになって四列の稲の、それぞれの株の間に生えた雑草を両手で抜きとる。ある分量にまとまると、それを丸めて足で土の中へ踏み込む。時期的には夏なので暑さが強まる。四つん這いなので直射日光を背に受ける。が、それだけでなく、稲の葉が顔をこするので痒くなる。加えて、蚊の攻撃にも晒（さら）される。蚊は普通、朝夕の一定の温度、二十度台前半のときに多く出没するが、稲の葉の中は一日中蚊にとっては適温の状態なので、存分に活動できる。そこで人間は、家にあるボロ切れを芯にして外側を麦藁か稲藁で包んで腰に吊るし、下端に火をつけて燻（いぶ）らす。つまりボロ切れを燻らすことで蚊を寄せつけないようにする。効果満点とはいえない。しかし、多少は効果がある。真夏のつらい農作業であった。今は除草剤が使われるのでこのような苦労はない。その代わり、農薬を使うから田んぼから昆虫の姿が消えた。

草取りは畑でもする。田んぼほど面積は広くないが、大家族が自給自足の暮らしをするためには、そして料理に変化を持たせ、収穫する時期が異なるいく種類もの野菜を育てるためには、田植えほど集中的な作業は必要でないけれども、雑草の繁り具合と相談しながら手抜きはできない。

牛のえさやり

草取りよりももっと長期にわたってするのが草刈りである。長男夫婦は早朝に起きてまず草刈りをする。田畑の土手や畦、山野の草地での作業が晩春から初秋にかけて行われ、刈りたての草を背負って帰る。納屋には牛を収容する一間半四方（七・四二五平方メートル）程度の仕切りが二つあって、二頭までは飼育できる。その仕切りの手前に四・五坪ほどの土間があり、押切りという草切り機で裁断して牛に与える。草刈りをした人はこれだけの仕事を終えてやっと朝食にありつける。家庭によってはこの草刈りの仕事を中学生が担当して、その後になってやっと学校へ向かう。牛は大食漢の家畜なので、一日も休めない。青草が手に入る期間はこれがずっと続く。

刈り取った青草でゆとりがあるとか、あるいはサツマイモの蔓などを乾燥させて、人間でいえば保存食を作って蓄えておく。青草がまったく手に入らなくなると稲藁中心の餌やりとなるが、そのときにこの保存食を刻んで混ぜて、栄養のバランスを心がける。

牛は農耕にとって不可欠な労働力となる家畜であったが、同時に大事な現金収入源の一つであった。一年に一頭仔牛を産むと、一歳前後で競り市にかけ、現金を手に入れる。家から歩いて十一、二キロの隣の新見町の競り市のある場所まで行き、その場で手放す。米に次いでまとまった収入源だった。

米、牛に次いで大きな収入源だったのが葉タバコである。黄色くなりかかったタバコの葉を下から順にもいで藁で綯った綱にはさみ、母屋と納屋の間に張りわたして天日干しをする。雨が降ったら大変で、大あわてで軒下に移動させる。晴天の日にこれを繰り返しているうちに初秋を迎える。タバコの葉に関わる作業はこれで終わらない。初冬になって、葉のしという夜なべ仕事が待っている。

秋（九、十、十一月）――一年の労働の総決算

二十一世紀も二十年代を迎えた今、故郷の実家ではもうかなり前から稲作はしていない。そもそも住人がほとんどいない。三軒だけ残った集落ももはや消滅寸前で、かつて田畑があり、果樹が実ったところはイノシシとサルの楽園である。逆に稲作が廃れ、人間がほとんどいなくなるとスズメやツバメの姿が消えてしまっている。

しかし、半世紀前だと実りの秋が集落を彩っていた。十月十日の荒神様の祭りを集落をあげて祝い、順番に担当する家に集まって飲食を共にし、次の日から稲刈りを始めていた。やがて、稲の品種改良がなされ、それに伴って実りが早まり、荒神様の祭りの前にすっかり稲刈りを終えてしまうようになった。また、

機械化に伴い、作業内容も変貌を遂げている。しかし、本書が焦点を当てている昭和二十年代に限定してみると、家族総出の作業が始まる。

稲刈り

田んぼによって実りに差がつくので、実りの早い田んぼから刈り取りを始める。腰に「いいそ」をくくりつけ、稲刈り専用の鋸状の刃の鎌、稲刈り鎌で刈って束ねる。家から遠い場所の場合、弁当持ちである。午後も遅くなると刈り取った稲束をそれぞれの力量に応じて背負子(しょいこ)で運搬する。背負子は二種類あって、L字型が日常的に使われるもので、郷里では「きよこ」と呼んでいたが、もう一つは、脚が長くなってい て、腰を下ろす岩などの場所がなくても休息できるものも使われていた。「朝鮮ぎよこ」と呼んでいて、朝鮮半島のチゲと同じ農具である。ただし、チゲといっても朝鮮半島の鍋料理のことではない。れっきとした運搬具である。

わが家の場合、「とのばた」という漢字表現がわからない離れた隣の集落にある田んぼが三反（三十アール）ほどあって、稲の量も多かった。現地で稲架(はさ)、郷里で「はで」という木と竹を組んで稲束をかけて乾燥させる構造物は造らず、自宅の近くの田んぼまで必ず運んだ。距離にして一キロあまりあったろうが、かなりの長距離を移動する必要があった。昼間さんざん働いたのに、帰りも重労働で、おまけに月もでていない夜だと、道も見えない。昼間通っているからほぼ道の曲がり具合、上下動、穴ぼこ、突き出た石の位置はわかってはいるものの、それでも暗闇の移動は負担だった。腰のあたりは重荷のせいで腫れてくるし、何度も投げ出したくなるような稲運びだった。この道で唯一救いとなったのは、田んぼと自宅近くの稲架の間がほぼ水平移動であったことである。

これに対して、自宅から見える位置にある田んぼで、ほぼ水平移動で済むものが三反ほどあり、これは気分的にはやや楽な場所だった。しかし、残りの四反ほどは数カ所に散らばっているうえ、標高差の負担がひどかった。いちばん標高差があったのは百五十メートルほどで、面積が少なかったのでなんとか耐えられた。それ以外は楽だったかといえば、そうではない。標高差は六十から七十メートルはあり、一直線の狭い坂道をひたすら上に向かって歩くしかなかった。これは運搬の難儀をいっているのであるが、その前には当然稲刈りという作業があることはいうまでもない。

このようにして稲を刈って運搬する作業があるわけだが、これでめでたく夕食とはならない。稲架に稲をかける作業になる。稲架は地域によって、二通りある。田んぼの中に比較的短い杭を立てて竹とか木材を横に渡して桟とし、一段か、せいぜい二段で稲をかけて干すのがよくある風景だが、故郷では四メートルはある杭を九本、七本、四本といった具合に立て、桟も六段ほどあり、杭九本だと「八間はで」、七本だと「六間はで」と呼んでいた。これだけ縦横の長さがあると、風の影響も無視できないので、当然つっぱりは両側から何本かの杭にそれぞれしっかりと当てがった。いちばん低い桟だと一人が手渡しで稲束を渡し、それをもう一人が桟にかける。次第に手が届かなくなると、下にいる人は稲束をコントロールよく投げ上げ、掛ける作業の人は梯子に登ってそれを受け取る。作業中黙っているわけではないので、世間話とか、空に見える星座の名前とか、いろいろな話題となる。

稲の処理が終わったり、疲れがピークに達したり、時刻が遅くなったりするとやっと仕事が終わる。遅い入浴と食事が始まる。そして、これが何日も何日も続く。

こうして稲を乾燥させている間に秋が深まり、岩山神社の秋祭りがある。現在は十一月三日、文化の日と決まっているが、かつては十一月五日だった。この秋祭りについては別の章に譲る（一四八ページ）。

柿のカーテン

秋祭りを境にして、集落は一挙に秋の気配を濃くする。周囲の山々はヒノキ、マツ、スギなどの常緑樹や繁茂する竹を除いて紅葉が進み、田んぼには稲の切り株が連なり、柿は色づいてくる。二十一世紀の今はサルに先に取られて人間の手には入らないが、かつては人間がゆっくりと採っていた。昼間に「はぞ」と呼ばれる長い竹の竿を使って高い木の柿をほとんど全部採取し、夜なべ仕事に柿削りをしていた。ただ数個は木に残し、翌年の豊作を祈念する呪い（まじない）とした。これは呪いというだけで、特に何か祭祀をしたわけではない。削った柿は一本の紐に二十個ずつ吊るし、何十本も干す。きれいな柿のカーテンができあがる。皮も吊るして干し、おやつにしたり、たくわん漬けに活用する。皮はたくわんに甘味とビタミンを加えてくれる。

柿削りは栗の木の接ぎ木とあわせて、長男が農作業の中でもっとも得意とする分野であった。下手な者だと、柿を固定してナイフや包丁を動かすのだが、長男はナイフや包丁を固定して、柿を流れるように回転させて削っていた。同じ集落の女性で、柿削りが得意な長男に好意を寄せ、結婚してもよいといったと

左：足踏み脱穀機、右：唐箕（岡山県津山市　津山市蔵）

いう噂もある。まさか柿削りの能力だけではない何か別の魅力もあったにちがいないが、両者ともすでにあの世に旅立っているので、真相は謎のままである。

脱穀

柿の処理が一段落すると、次は稲の脱穀である。これは、まずは稲架で乾燥させた稲束を千歯扱きで脱穀していく過程をいう。故郷では「稲扱ぎ（いねこ）」と呼んでいた。稲束を運び入れて納屋の軒下に積み上げ、二人で足踏みしながら台木を回転させて、稲束を当てがい、台木に取りつけた金属の歯が籾を稲穂から切り離す。この時期、昼間は稲架から稲束を納屋まで運び込み、夕方から夜にかけて脱穀をする。それも一束一束の作業なので、強靭な体力と気が遠くなるような忍耐力が必要だった。脱穀が済み、納屋の床にうず高く積み上げられた籾は稲の葉や茎など夾雑物（きょうざつぶつ）も混ざっているし、籾にもよく熟れたのとそうでないのとがある。これを手動式の唐箕（とうみ）で選別する。選別は三種類。よく熟れた米粒、あまり熟れていない米粒、ごみに分別される。この手回しで送風しながらする作業は納屋と母屋の間の中庭でする。戸外でないと粉塵がすごい。この唐箕、莢（さや）から出した大豆や小豆の選別にも用いられた。

脱穀の終わった稲藁は家族数人で手渡ししながら納屋の二階へ運び上げ、積み上げる。さまざまな農作業や細工物に活用したり、牛の餌にするために貯蔵する。たくさんの稲藁を上にあげる作業をしながら中学生だった筆者が「豊作は豊作を生む」といったら、十歳年長の三男が褒めてくれたことを思い出す。その作業場面は今も鮮明に記憶に残っている。筆者は梯子の足元におり、三男は梯子の中段にいたときのことである。米が豊作だと、稲藁の量も増えるので作業実感から出た言葉であった。

こうして精選された籾は再び納屋の床にうず高く積み上げられ、籾摺り機にかけられる。これは発動機で運転される機械装置のことで、昭和二十年代の当時、どの家にもあったわけではなく、というより、むしろ所有していたのは集落十二軒のうち一軒だけだったので、その家に謝礼を払って籾摺り機一式を運び込み、それぞれの家で作業をしてもらっていた。この籾摺り機を所有し、各戸を廻って作業してくれる父親と息子のうち、父親のほうは餅が大好物で、特にあんこ餅に目がなく、作業を依頼する側はあんこ餅で接待して機嫌よく仕事をしてもらっていた。

わが家に限定した話だが、この籾摺り機の順番では前年からの蓄えが尽きて、当座食べる米がない場合には、自家用の摺臼（すりうす）を使う。この作業を故郷では「籾摺り」といい、器具を「とうす」と呼んでいた。唐臼と書いて「とううす」という標準語表現があり、その方言の形であろう。なお、同じ漢字表記で「からうす」というのがあるが（四一ページ）、両者は機能的に別のものである。

この「とうす」、作動の原理は豆腐を作るときの石臼と同じで、上下二段の臼を据え、天井から吊るした紐に繋いだT字型の木の棒を、大人が二人立って押したり引いたりすると、そのピストン運動が臼に伝

左：「とう臼にてモミをする」（『絵本通寶志』安永９年より）、右：スルシ
（秋田県大館市　提供：大館郷土博物館）　故郷の指野では「とうす」と呼んだ。

えられて回転運動となり、籾を籾殻と米粒に分ける仕掛けである。豆腐の場合は臼の傍らに人がつくが、摺臼では人はつかない。豆腐では臼の傍らの人が大豆を杓子で上の段の臼に開けられた穴から絶えず入れ続けるが、こちらは上の段の臼が大きなロート状になっていて、籾をいちどに一斗（十五キロ）ほど入れ、真ん中の穴から下に落とし、籾摺りをする。摺臼は、豆腐の石臼とは比べ物にならないほど段違いに大きく、上に乗せる臼は松の巨木で、直径が六十センチは優に超える円筒で、中をくり抜いてロート状にしたものである。それを載せる下の段の臼はさらに大きく重く、上の段に接する上部の表面は、木、竹、粘土質の土と塩での手作りだった。上の臼を回転させて下の臼と摩擦させながら籾殻を剥ぐわけで、下の臼の接触面には堅いカシの木片が刃のように埋め込まれていた。こうして玄米が誕生する。

日本最古の医学書『医心方』の現代語訳をはじめとして、その訳業にまつわり偉大な業績を上げている槇佐知子の著わした『日本昔話と古代医術』によれば、日本に移入されて臼で穀物を精白するようになったのは十七世紀の初めごろと言われており、竹を編んで粘土に塩を混ぜて詰め、竹や木で臼の目を作る土臼もあったという。江戸時代の外来文物の名残がわが実家にもあったとは驚きであり、中国文明伝播の身近な例として記憶しておきたい。

冬（十二月）――年の瀬の仕事

荒神祭りから後は、岩山神社の秋祭りと続く中で、どの家でも、稲刈り、柿取り、脱穀などに忙殺されるが、その後は集落内でただ一軒だけ籾摺り機を持っているテラノマエの親子が籾摺り機を持って家々を廻った。籾摺りが終われば各家で編んだ稲藁の俵に十六貫（六十キロ）の米を入れて、寺元の集荷場所（戸田の土蔵）まで一俵ずつ背負って坂道を降りる。それを何回、何十回と繰り返す。この米俵を一俵背負うことができれば男として一人前と見なされた。

冬支度

稲の収穫、処理が終わると、冬支度に入る。秋の項でも述べたが、集落は柿の木が多く栽培されていて、秋から初冬にかけてどの家も母屋や納屋の二階の軒下に何百という干し柿を干したものだった。いわば干し柿のカーテンで軒下を飾っていた。往時はその干し柿を仕入れにくる商人たちがみられたものだが、平成後期に入ると、住む人も減り、干し柿を干す風景も見られなくなった。この一番の変化の原因はサルにある。サルは柿の木に登って柿を頬張るだけでなく、住宅の二階に吊るしてある干し柿さえも食い散らかしてしまうのである。鳥獣の猟期が解禁になると猟師に頼んで銃で撃ってもらうこともあるが、猟師にとって一匹三万円の収入があるにしても、人間に近い姿のサルの駆除はあまり歓迎されず、一頭九千円のイノシシ撃ちのほうが人気がある（平成三十年時の新見市の額）。

畑仕事があと一つある。麦踏みである。晩秋になり、霜が降りると大麦と小麦が霜のために根が浮き上がる。そこで左右の足でそれぞれ一列ずつ踏んでそれを戻して深く根づかせる。この作業のもう一つの効用としては、踏みつけられ傷めつけられることで麦が強く育つという。クローバーも成長過程で傷めつけられて四つ葉ができるそうで、これが幸福のシンボルだとすると、人は傷めつけられて却って幸福になるのかもしれない。この流れでいうと、麦踏みも悪業ではないことになる。この段階にまで至ると、全山紅葉の錦秋の季節を終え、集落は常緑樹をのぞいて茶褐色一色に染まる。外はもう粉雪が舞う季節である。

葉タバコ、ドブロク

師走の夜なべ仕事は葉タバコの「葉のし」である。夏に天日で乾燥させたタバコの葉は目の粗い縮緬（ちりめん）のように皺だらけでデコボコしている。それを二人が向き合って坐り、「そうき」と呼ぶ竹細工のザルを逆さにして、その円頂面を利用して一枚一枚ていねいに手で引っ張り合って皺を伸ばし、アイロンをかけたように滑らかに仕上げ、決まった枚数で束ねる。単調な仕事のうえに連夜のこととて、ほとんど居眠りをしながらの作業だった。なお、「そうき」とは方言であって、全国的には「そうけ」と呼ぶようで、形は楕円形、円形など自由だが、直径は五十センチより大きかった。

きれいに皺を伸ばした葉は、標高差三百メートルの坂道を背負って運び下ろし、低地の親戚で大八車を借り、そこから十キロあまり離れた新見の町の定められた施設に納入する。大事な現金収入の一つだった。長男が大八車を引っ張り、筆者がうしろから押すという形で運搬した。

筆者はその駄賃として、当時人気のあった『冒険王』という雑誌を買ってもらっていた。年に一回だけ買ってもらえる本だった。

この葉タバコ、勝手に喫煙することは厳禁だった。しかし、家にはタバコの葉を刻む小さな器具があった。まぐさなど牛の餌を刻む器械に「押切り」というのがあるが、そのミニチュア版である。紙巻きタバコとして吸うときの紙は適当に家にあるものを利用していたようで、特定の紙だったという記憶はない。

違法という意味では「ドブロク」も密かに醸造していた。家族内だけで楽しんでいて、来客をもてなすのに使われたことはないはずである。もうひとつ違法行為としてはラジオの聴取があった。当時、ラジオの聴取には料金が必要だった。次男か三男かが買ってきたラジオを密かに聞いていた。全くの田舎、山奥の農家にラジオの聴取の有無など調べにくることなどあり得ない話だが、当事者としては露見を恐れて細心の注意を払って聞いていた。当時大相撲で千代の山、栃錦、若乃花（初代）、大内山などといった力士が大人気だった。その放送を布団をかぶせて、音量を落とし、息を殺して、しかし胸をどきどきさせながら聞いていた。

子どもの仕事

葉タバコの納入が終わると、戸外の仕事は炭焼きと薪集めに絞られる。すでに書いたように、炭焼きは冬の仕事であったから、十二月にはもう始まっていた。薪集めは粉雪の舞う中で、主として子どもの仕事だった。日曜日はもちろんのこと、学校から帰ったら背負い子を背負って山に向かった。そして納屋の軒下、一面の壁全体を覆うほど細い丸太や大小の木の枝を束ねて積み上げて、いろり、竈、風呂に使えるよう準備して寒くて長い冬に備えた。わが家には母屋と納屋以外に別棟の建物はなかったが、二階建ての納屋の軒が大きくせり出していたので、山から運んだ薪はその軒下の壁面にうず高く積み上げていた。

ニイヤには木小屋というものがあり、大家族で一年間消費する燃料の枯れ木や枝を積み重ねて貯蔵していた。その木小屋は二階建てで、二階にはお爺さんが住んでいて、お金を借りに行くときはニイヤの家人に知られることがなかったのでありがたい存在だった。

人力農業の記憶

こうして振り返ってみると、電動農具、化学肥料、除草剤、防虫剤がまだ入らなかった時代の農作業は、すべて人力頼みだったことがわかる。農具も手作りが多く、食べ物だけでなく、農作業、肥料、生活用品も自給自足の時代、環境だった。機械化が進み、さまざまな領域での科学的知見で農業の効率化がなされている今、懐旧談はアナクロニズムでしかないかもしれない。しかし、少なくともこうして地面を這いつくばって生きた人びとがいたことは、歴史の一ページとして必ず記憶として残しておきたい。それは後世、その恩恵を受けたわれわれの責務であり、そのような人びとを含めた先祖に対して払うべき敬意であり、謝意であり、鎮魂の意の表現であろう。

二　自給自足の豊かな食卓

「人はパンのみにて生くるにあらず」とキリストは言っているが、まず食べ物がないことには人は生きていけない。その食べ物を生産し、供給することが最優先課題の農家であるわが家の食卓を振り返ってみたい。

米と麦――食卓の中心

米

わが家は専業農家だった。中心となる農作業は米作であった。米が最大の収入源だったので、自家用のほかに、供出米を生産していた。その場合、最多の家族数が十人に達した時期もあったにも関わらず、優先されるのは供出米の俵数であって、必ずしも自家用の米の量ではなかった。戦前には集落全体で供出の俵数が割り当てられ、各家の配分でもめると、父がまとめ役をした経緯がある。その場合、当然まとめ役が犠牲的精神を発揮しなければ話はまとまらない。戦後は家計を勘案して俵数をそれぞれの家で独自に決めていた。

昭和二十年代前半の記憶では、田植えをしているころ、自家用の米が底をつき、村の中心部にあった農協や商店から干しうどんなどを買い込んで帰ってくるのを待ってやっと昼食にありつけることもあった。米の不足分は大麦、小麦、干しうどん、サツマイモで主に補っていた。干しうどんは今のリンゴ箱の半分の高さ位の木箱単位で買っていた。秋の収穫前の味噌汁の中心となる具は大量のうどんの時期が何カ月も続いた。米飯に大麦が加えられているのも普通のことで、その比率で食事の満足感に差がついた。

秋も中盤になると、自家用の米はなくなっているのが常態なので、同じ集落内の親戚から借りたり、本格的な稲刈りを始める前に収穫した米で食い繋(つな)いでいたが、その場合は納屋の戸を閉めきって近所に音が漏れないように気をつけながら足踏みの脱穀機で脱穀し、水車や唐臼(からうす)で精米して、本格的な稲刈りや脱穀のときまでをしのいでいた。当時は世間体が悪くその貧しさが恥ずかしいと思っていたが、考えてみれば、新米を最も早く味わっていたわけで、いちばん贅沢をしていたことになる。

餅

米は粳(うるち)米と餅米の両方を栽培していた。粳米は主食の中心としてわが国ではいつの時代でも主役であるが、餅米はそれとは違った意味で農村では重要な作物だった。なお、わが故郷では粳米のことを「ただ米」と呼んでいた。

　日本の昔話でもたびたび目にするように、餅はおめでたい催し事には必ず登場する。まず正月は餅を煮る雑煮でスタートする。人口の多い江戸では餅を搗いたり丸めたりする人手が不足し、手間が少なくてすむ角餅が主流であったそうだが、西日本に属するわが家では丸餅が常識だった。年末の餅搗きには、「節目の行事」でも触れるが（一三六ページ）、六十キロ（一俵）ほど搗き、冬の間は毎朝食べつづける。正月は醤油仕立てで、ブリ、ハマグリ、コンブ、カマボコ、チクワ、干しエビ、白菜、ネギなどが具として添えられていた。

　年末に搗いた餅は、丸餅以外にも角餅にして農作業の休憩時のエネルギー補給に役立てたり、学校帰りの子どものおやつとして重宝していた。餅は当然時間の経過とともに硬くなったりカビが生えたりする。硬くなった餅はいろりで根気よく焼いて食べる。歯が丈夫でないと成り立たない話である。おかげで顎が発達し、面長の顔は稀となる。筆者は学生時代「鬼瓦」とあだ名されていた。こうして美男美女になるのを妨げる硬い餅であったが、じっくり嚙まなければ喉をとおらないので、脳細胞には好結果をもたらしたのではないだろうか。近年トレンドになっているテレビの健康番組で推奨されている入念な咀嚼を、田舎ではとっくの昔から実践していたのである。

　カビの生えた餅もあっさり捨てられることはなかった。まずカビが生えないようにと、冷蔵庫のなかった当時は水につけて保存することもあったが、カビが生えてしまったものは包丁でカビを削り取って焼いて食べていた。それ以外にも、何本も伸びているツツジの枝に小さく丸めた、直径一・五センチ程度の餅、それも紅白などの色の異なるものをくっつけた餅花を神棚に飾り、正月が明けてから焼いて食べていた。あられというサイコロ状に刻んだ食べ方もあった。

正月以外でも何か特別なことがあると、年間をとおして餅を搗くのが習わしだった。例えば法事とか、あるいは、都会などに出て行ってしまっている子どもが帰ってきたとき、とかである。しかし、誕生日だからというのはない。おかげで誕生日の祝いなど経験しないまま結婚すると、誕生日がおめでたいという感覚が欠如していて、家族から冷たい視線を浴びることになる。

餅は親戚づきあいに必須の土産である。親戚で葬式や法事があると、必ず餅を搗く。搗いた餅は重箱に詰めて持参する。親しさの程度や前回の相手方の持参の実績でこちらから持参する分量も異なってくる。わが家から六キロほど離れた山奥にある母親の実家とか、それよりさらに遠く、八キロほど離れた母親の姉の嫁ぎ先の家で、ダムが築かれることで住家を放棄させられたときなどには儀式があり、わが家から母親と男衆が一人訪問した。一家から必ず男女二人が出席するのである。これらいちばん近い親戚の行事には三段重ねの重箱に餅をいっぱい詰めて持参した。相手先によっては重箱に一段だけの場合もあった。さすがにこのような風習は廃れていくもので、昭和も後半ごろ以降は市販の菓子やアンパンなどで代用するようになっていく。

餅に次いで、おめでたいときに食べられるのは赤飯とおはぎである。何かおめでたいことがあると必ず赤飯が炊かれた。子どもが帰省すると炊き、帰るときの土産や弁当用にも炊かれた。子どもの帰省以外でも家族で祝いたいとき、例えば子どもの入学とか卒業などの際には膳に載った。おはぎも同じように存在価値があったが、当時としては手に入りにくい砂糖を必要とする分、赤飯ほどには作られなかった。この二つは倉敷市に住む三女の得意分野で、家族や知人の間で逸品としてもてはやされ、本人もチャンスと見れば作って人を喜ばせている。

団子

粳米が米飯以外の用途で重要なのがヨモギ団子とカシワ団子である。ヨモギ餅、カシワ餅という言い方もある。正式には米粉から作るか米粒から作るかで団子と餅を区別するようであるが、日常的には区別の意識などなしに用いられていた。団子汁も記憶に強く残っている。

それぞれの団子、特にその作り方について特別説明する必要などないわけであるが、どのようなときに作るかは触れておいてもよいと思う。まず、ヨモギ団子だが、これはヨモギが生える春先からとなる。今のように冷蔵庫や冷凍庫があれば、ヨモギが手に入るときに大量に摘んで保存し、年中いつでも利用することができるが、当時は摘んだときにしか利用できなかった。高地の春は遅い。だから三月の桃の節句にヨモギ団子を作ることはできない。そのため、母は菖蒲の節句、すなわち端午の節句のときだけかならず菱形にして、それ以外のときは四角形にした。小豆のあんこ（餡子）を入れるのは丸い団子のときだけで、菱形や四角形のときは焼いてあんこをまぶすか、砂糖醤油で食べるか、さらに海苔を巻いて食べるかした。ヨモギ摘みは子どもの仕事で、遠くから行商人が売りにくる竹籠が使われた。これは赤色と青色の二色で帯状の模様が入り、手提げがついており、高さ、直径とも十五センチあまりの丸い形をしていた。

こう書いていて、ふと日本語の不備に気がついた。「菱餅」という言い方はあるが、「菱団子」というのは聞いたことがない。一般的に餅が米粒から、団子が米粉から作られるという前提で餅と団子の区別がなされるのに、ヨモギと米粉から作られる菱形のものは「菱餅」というのである。これを推測するに、もともと団子も米粒から作られていたのだろうか。同じく、団子にするのも粳米もあれば餅米もあり、両者の間にははっきりした区分はないのかもしれない。このような疑問に対して、『民俗学辞典』(柳田國男監修)は一つの答えを提供してくれる。それによると、「ひらたくつぶした形のを餅といい、球形にまるめたのを団子というのなどは極端な例であるが、団子という名称はむしろ形から起ったものであるらしい。」

カシワ団子は必ず植物の葉で包んだ。山の中に住んでいるので植物の葉の入手は簡単だった。ただ、使う葉は季節に応じたもので、それぞれの葉は決まった場所に行きさえすればよかった。ミョウガ、サルトリイバラ、カシワ、ツバキの葉が使われた。ある程度硬くなった厚手の、形のよい大きなものを選んだ。手っ取り早いのは近くの畑にあるミョウガの葉を利用することだった。サルトリイバラは、故郷では「グイの葉」とか「イガの葉」とか呼んでいた。イガとは、棘のことをいう。俳句を詠む人など「山帰来(さんきらい)」と表記している。カシワの葉はやや離れた山にあったが、ツバキの葉は家の裏手の山道にまるで街路樹のように連ねて植えてあったので、葉の広さ、つまり面積の乏しさを犠牲にすれば、葉が厚いので却って使い勝手がよかった。

中に入れるのは小豆のあんこであるが、小豆がない場合にはインゲン豆も活躍した。これらの豆の有無にかかわらず砂糖がない場合には味噌を入れることもたまにあった。財布の不如意も一因だが、砂糖ひとつ買うにも標高差三百メートル、片道二キロあまりの山路に加えて平坦な道路を往復しなければならないのだから窮余の一策でもある。ヨモギ団子もカシワ団子も物日(ものび)に作られることが基本であるが、田植えや稲刈りの最中とか農作業の区切りのときなど、農作業の節目にその労働をねぎらう意味で作られることもあった。

同じ団子でも、団子汁には別の役割があった。それは干しうどんが米の代用品ないしは補足品としてあったように、団子汁も乏しい米のピンチヒッターとして活用された。多くは味噌汁の具として入れられ、大家族の胃袋を満腹にしてくれた。この食べ方も何カ月もつづいた。

麦

主食の分類に入るもうひとつの農産物は大麦である。これは完全に米の不足を補う補助的な存在で、農協で平麦にしてもらい、米飯に混ぜて食べていた。当時は米不足、貧しさから大麦を食べていると悲観視していて、弁当箱に詰めるときは表面に白米を多くし、底の見えない場所に麦を詰めていたが、健康志向が強い昨今ではむしろ健康食品として推奨されており、麦飯の摂取はむしろ誇りとすべきことであり、反省することしきりである。

これに対して、小麦は存在価値が大いにある作物だった。粉を天ぷらの衣にするのはごくありふれたことで特筆するに値しないが、わが家ではうどんがとても値打ちがあった。

小麦を畑で作り、寺元にある農協の製粉場で粉にしてもらう。そういう際の運搬とか精算はすべて子どもの仕事で、当時の子どもの役割は大きかった。醤油などちょこちょこ買いをさせられることは日常茶飯事で、学校帰りに買い物などのない日は嬉しくてたまらなかったが、そのような日はほとんどなかった。こうした役割の割振りは母の仕事で、父は一切干渉してこなかったという。

病弱で床に就くことの多かった母親が、子どもが都会から帰省したときなどには、やおら起き上がって片肌脱いでうどん打ちをしていた。小学校四年生までしか学習歴がなく、十八歳で結婚した母は花嫁修業で習ったのかもしれない。大津市に住む次女は今でもその味を出そうと、友人の来訪があるときなどにおもてなしで作っているが、われわれ子ども全員がこの手打ちうどんの味を懐かしく思い返している。終戦直後はどんぶりの底にかすかにある程度の分量の濃い味の汁、すなわち生醤油だけで、つまりうどんを混ぜないと汁が絡まないような食べ方であったが、長男が町の食べ方を知ってから強く主張し、後にはやや薄めの、しかし分量の多い汁で楽しむようになった。

小麦粉のもうひとつの利用は「鍋焼き」だった。これは当時のわが家の呼び方であって、今なら鉄板焼きの一種である。現在は鉄板焼きだとキャベツの他にベーコン、卵、モヤシなどを加えて焼くが、当時のわが家の場合、入れる具はたまにシソの葉を刻んで混ぜこむこともあったが、普通はサツマイモだけだった。しかし焼くときに使う油は、天ぷらのときと同様、自家産のナタネ油（後述、一一五ページ）だったので、その味は、食料品の乏しかった当時の相対的価値を割り引いても、つまり今でもランクが上の食用油としてとてもおいしいものだった。この鍋焼きはおやつとして、あるいは親戚への簡単な手土産として活用された。小麦粉の団子というものもあった。滅多に作らなかったが、小麦粉を練って小豆のあんこを入れ、蒸したものである。米の粉の団子は表面がつるつるとしてきれいだが、小麦粉の団子はでこぼこがあって、見かけはあまりおいしそうなものではなかった。

野菜――旬と保存

コンニャク

以上は、言ってみれば主食の系統の農産物だったり、その活用法だったりするわけで、季節を超えて年間を通して食されるものであるが、副食として、季節を超えて食されるものに大豆とコンニャクがある。話の簡単なコンニャクからはじめよう。コンニャクは三年から五年かけて大きな芋に育て上げて食用にする。建前上は季節がないながら、実際には畑から収穫した晩秋か初冬に作ることが多かった。完全に自家製の板コンニャクやコンニャク玉に仕上げるのだが、その前に、テニスボールよりやや大きめに丸めて鍋で煮込んでアク抜きをし、頃合いを見計らって取り出し、刻んだユズを混ぜ込んだ酢味噌で食べるときの味と光景は何十年経った今でも鮮明に覚えている。外気が冷え込んでくる季節に暖かいコンニャクの味は天下一品なのである。

大豆

コンニャクを作るのは年に一、二回程度でめったにないが、大豆から作る豆腐は度々だった。庭土間の横に三畳の板場、中連の間があり、上下二段の石臼を据え、頭上の梁から吊るした紐に繋いだT字型の木の棒を、例えば中学生くらいの子どもが庭土間に立って押したり引いたりすると、そのピストン運動が石臼に伝えられて回転運動となり、大豆をつぶす仕掛けである。「季節ごとの農作業」で紹介した「とうす」（摺臼）と器具としての原理は同じものである。ちがうのは板場の石臼のそばに、例えば母親がいることである。摺臼だと臼の傍らに人はいない。

豆腐作りの場合、大豆を何日間か水につけていた、故郷の言葉では水に「かし」ていた大豆を上段の石臼の穴に杓子を使って流し込んで次々とつぶしていく。それを同じ庭土間にある大釜で煮立てて苦汁を入れて固まらせ、長方形の型枠の箱に入れて四角い豆腐を作るシステムである。これは年に何回も経験した。豆腐の副産物としてのオカラも味なおかずであった。副産物だから値打ちが下がるような印象を与えるが、ゴボウと合わせて料理するので、いやが上にも繊維質を多く含む栄養食品として味とともに捨てがたい存在である。

次は季節と連動する野菜だが、こちらは多彩な模様を描く。

高原の季節と野菜

高原地帯ゆえ、畑で野菜が育ち収穫できるのは夏からである。キュウリ、ナス、トマト、ジャガイモ、ニンジン、ピーマン、エンドウ、タマネギ、インゲン、タカナ、サトイモ、サツマイモ、ゴマ、ナタネなどで、特別変わった料理はないが、少しだけ補足しておきたい。世間ではピーマンというと実を食べる。

しかしわが故郷では葉も食べる。しかも大好物として。年中行事のところでも書いたように、特に集落の荒神様の祭りには集落の人全員が集まって同じ料理を食べるので、大量のピーマンの葉を消費する。ついでにいえば、世間でピーマンと呼ぶものを、故郷ではトウガラシと呼んでいた。正しくトウガラシと呼ぶ辛い実のものと同じ呼称で何の疑問も持っていなかった。同じく、サツマイモの茎も油で炒めた上等なおかずとなった。

タカナについての注釈も必要だろう。タカナは早春、タマネギは晩春に収穫する地域があるが、故郷では夏野菜である。そのタカナは漬物にするか、ナタネ油で炒めて食べるかで、故郷ではバシャナと呼んでいた。漢字で想像すると馬車菜しか思い浮かばないが、文献上の証拠はない。

トマトはたくさん収穫できていた。食事のおかずとして食べるときは醬油をかけてのことが多かったが、子どものおやつとしても活躍していた。畑に行って勝手にちぎって池に放り込み、すこし冷やしてから食べた。何しろ標高差の大きい坂道を歩いて学校から帰ってくるわけだからおやつは当然必要だった。トマトはその役割を存分に果たしてくれた。腹の足しになっただけでなく、水分補給もしてくれた。ただ、悲しいかな、高地なのでトマトが完熟しないうちに秋がくる。そうすると、青いままのトマトは塩をまぶして漬物にする。捨てることはあり得ない。青いトマト特有の生臭い味も捨てがたいところがあった。

晩夏から秋に向かうと、大根、白菜、大豆、小豆、ネギ、カボチャ、トウモロコシ、ゴボウ、カンピョウ、サツマイモなどである。長く保存できるものが多く、食卓を賑わせた。

カボチャの栽培は母親が得意としていた。元肥をしっかり仕込んで、門口の道の上に斜めにしつらえた棚に蔓を這わせ、棚の桟から実が垂れ下がる仕掛けで二、三十個は収穫していた。朝家を出るときは朝陽を浴び、帰宅する夕方は、夕日の中に浮かび上がるカボチャの丸い実の列は、食卓への連想を誘うものともなれば、帰宅、帰省の喜びを、しみじみと実感させる光景でもあった。収穫したカボチャは母屋の回り縁の床の一隅に無造作に並べられていた。タネは、ヒマワリのそれと同様、炒って塩をまぶしておやつとしていた。ただ、アメリカのメジャーリーグの選手たちが野球場のダッグアウトでベンチに座りながらヒマワリのタネを口にし、殻をペッペと地べたに吐き出すような品のない食べ方はしたことがない。

筆者は、今から百四十年ほど前の清朝時代の中国で高官が手の平で軟玉を弄びながら、スイカのタネを日がな一日口にする記述を邦訳（『東洋紀行』）したことがあるが、わが家ではスイカのタネは口に入れてどれだけ遠くへ飛ばせるかを競う遊びの材料でしかなかった。ついでにいえば、ユスラウメ、グミ類のタネは、親指と人さし指か中指の間に挟んで遠くへ弾き飛ばす遊びの材料だった。

大根と白菜の貯蔵

季節を締めくくるのは大根と白菜である。当時のこととて冷蔵庫はなかった。そのため、白菜は畑に放置したままであった。雪が畑を覆っていたので天然冷蔵庫というわけである。しかし、大根はそのままだと凍ってしまうので、畑を掘ってその中に入れ、藁で覆って寒さよけとし、貯蔵した。量的にはそれでも十分ではなかったので、たくわんや白菜の漬物が野菜の役割をも果たしていた。

漬物については、後述の「漬物の味」でまとめて記したい。

山菜——山の恵み

春を告げる山菜

標高の高い山地にある関係上、春先に収穫できる野菜は皆無に等しい。野菜を商店で買うことなど考えられなかった時代だったため、植物性の食材は山菜に頼ることになる。春の訪れを喜びつつ収穫の喜びを真っ先に味わえるのがセリである。湧き水が流れくだるせせらぎで、まだ手が切れるように冷たい水を厭わず摘む。泥水の中から出てくるものを白い根ごと引っこ抜く。春の香りをもたらすだけでなく、味噌汁の具としてもありがたい早春の恵みであった。

人は何によって春の訪れを感じるのか考えてみるに、セリだという人もあれば、溶けかかった雪の間から芽を出すフキノトウだという人もある。灰色の雑木林の中に白いコブシが屹立(きつりつ)しているところに感じる人もいようし、下手な鳴き声のウグイスに、下手であるが故に早春を感じて喜ぶ人もいよう。もう少し春が進むと黄色の花が目立つ。マンサクがその代表格で、故郷ではアテツマンサクと呼ばれていた。外見は地味ながら芳香を放つミツマタもある。

市内にある大佐山の中腹にはミツマタの群生地もある。

ドイツの春は黄色い花木の種類がもっと多かった印象であるし、ドイツ南部のバイエルン州のシュヴァルツヴァルト（「黒い森」の意）では黄色いタンポポの花が、色こそちがえ、ちょうど北海道の富良野のラベンダー畑のような絨毯となって見渡すかぎり広がっている光景もあった。日本の、わが故郷では黄色の花木の種類はかぎられている。

続いて収穫できる山菜はヨモギとノビルである。ヨモギは団子の材料として大切で、すでに書いたとおりである。ノビルは田畑の畔や土手で採れる。緑の葉の部分だけでなく白い球根も茹でて酢味噌で味わうのが最高だ。一般的には天ぷらにする例もあるが、わが家では天ぷらにした記憶はない。当時、野の食材としてありがたいとは思っていたが、栄養学的な観点はなかった。今は栄養価も意識して採取している。ノビルとよく似たアサツキもあったが、量は少なかった。

春を告げる山菜として、ツクシやフキノトウ、イタドリやスカンポも食卓に上らないわけではなかったが、ほとんど子どもの遊び半分の食料調達、つまりおやつの対象でしかなかった。ツクシは油で炒め、フキノトウは刻んで味噌汁の具として用い、イタドリやスカンポは両方とも皮をむいて直に塩をつけて食べていた。故郷ではイタドリのことを「シャジナッポ」といい、スカンポは「シンジャイ」といった。シンジャイとは「新菜」という漢字の訛りかもしれない。

次に楽しむのがワラビとゼンマイである。集落のどの家にも牛、それも牝牛が必ず一、二頭はいたので、年間を通して餌が必要で、冬季は稲藁が中心だったが、可能なかぎり雑草が使われた。雑草は田畑や道の土手、木を伐採した後の草刈り山にふんだんにあった。その草刈り山は木炭の製造、つまり炭焼きで樹木が伐採された後の山肌を意味する。炭焼きは、こたつやいろりで使う自家用の木炭製造のためだけでなく、冬季の季節労働として農家の収入の一端を担っていたので年々途切れることがなかった。当然、草刈り山も必ずどこかに新たに作られた。そこは絶好のワラビやゼンマイの生える場所となり、山腹の斜面を歩く労力は別にして、摘み取りは楽しい子どもの作業だった。樹木の伐採、炭焼き、草刈り、牛の餌、山菜の収穫、この五つの工程が循環して家族を支えていたわけで、自然の恵みと人間の知恵がうまくマッチしたものであったことに改めて感心する。

　ワラビとゼンマイは採取後茹でて調理しすぐに食べるのと、茹でて乾燥させて保存食とするのとがある。この時期にはこの二つが毎日の主菜となっていた。当時、栄養とかカロリーとかの観念はまったくなく、ただ腹を満たすおいしい食材として重宝したものである。

　食材としては珍しいハナイカダの若芽がある。母が子どもを連れて山に入り、比較的低木の枝から摘んでいた。茹でて乾燥させて保存食とし、油で炒めて食べる。これに漢字を当てはめると「花筏」となり、華やかな情緒感を醸し出してくれるが、別名はヨメノナミダというそうで、これだと「嫁の涙」となり、往時の嫁の境遇が偲ばれてまるで違った食べ物の印象を与える。どちらも筏と見立てた葉の上、中心部に花が乗っかった形で咲くので、このような呼び名が生まれたのであろうが、今は嫁姑の力関係も変わったので、これからは「姑の涙」という風に呼び方を変えることも時代にマッチした対応であろう。故郷ではママコナといっていたが、和名のママコナは別の植物である。

　ワサビも捨てがたい山菜だった。「奥山の水事情」のところ（三二ページ）でも触れたように、家から百メートルほど離れたところから湧き水が出ていて、飲料水として使わないときの余った水はせせらぎとなって流れ落ちる。そのせせらぎの中にワサビは生えた。量的には少なかったが、野菜の収穫の端境期（はざかいき）を埋めるありがたい山菜だった。世間的には根の部分を擦り下ろして刺身などに添えて食べるのだが、これは後年、次女が京都で暮らすようになり、そこで知った利用法で、それまでは葉や茎を茹でて酢味噌で食べていた。鼻がツーンとするほど刺激的であった。あまりに刺激が強いため家族の中には食べない者もあった。食べると「ばか」になると言われていたが、好き嫌いの前にまず食べるものがあることが大事な環境であったので、むしろ鼻への刺激を楽しんでいた。

量的には少なかったが、ヤマゼリというのも時に食卓に載った。名のとおりセリと似た形だが、セリよりずっと大きく、小川近くの土手に生えていた。色もセリほど緑が濃くなく、むしろ薄緑といった感じだった。味もセリほどの個性は持っていなかった。

竹とタケノコの活用

圧倒的な収量を誇る自然の恵みは筍である。最初に食卓に上るのが大量に採れる、郷里ではモウソウダケと呼ぶ孟宗竹（もうそうちく）である。それから淡竹（はちく）、真竹（まだけ）と続く。孟宗竹は量的にも質的にも大家族を満足させた。淡竹、真竹は量的にはそれほどあったわけではないが、味は食感とともに申し分なかった。この三種類の筍が時期をずらして順々に生えてくれるのは天の配剤か、自然の恵みに感謝である。この時期、家族の食卓も、学校に行くときの弁当のおかずも山菜づくしで、カロリーの意識も知識もなかった当時、よくも農作業の重労働や成長期の子どもたちを支えてくれたと思う。

筍掘りは簡単で、家のすぐ近く、半径六、七十メートルの範囲内でどの筍も収穫できた。しかし、平成の後半になると、イノシシが出没して、人間が地面に出た若い筍を掘る前に、鋭い嗅覚を利用して地中にあるまだ若い筍を掘り返して食ってしまうので、もはや人間が手に入れることはできなくなっている。昔は大量に掘ることができたので、料理しきれなかったものは茹でて干し、水気を切って梅干しの壺に入れ、酢の物の赤いおかずとなった。また塩漬けにして、保存食としても利用された。

食というのとはちがう話だが、少し脱線して、日常生活における竹との関わり方について触れておきたい。

中国の少数民族にミャオ族というのがあり、自分たちの先祖は竹だという建国神話を持っている。三節の大きな竹が流れてきて、川で洗い物をしていた少女の足間に入った。中で大きな声がするので割ってみると、男の子がいた。男の子は長じて才武あり、夜郎侯（やろうこう）と名乗り、夜郎国の支配者となる、というものである（君島久子「幻の夜郎国――竹王神話をめぐって」）。竹から生まれたとなるとかぐや姫を連想させ、川上から流れてきた男児となると桃太郎を思わせる神話であるが、現在もその少数民族は普通に生活を営んでいる。その暮らし振りを動画でみると、竹の種類もいろいろありそうである。そして村人の住居をのぞくと、実に様々な竹の活用が見てとれる。ありとあらゆる家具、農具などが竹から作られている。

その中国から渡来した孟宗竹が鹿児島に上陸し、全国に広まったわけであるが、わが故郷では中国のそれほど多彩ではないにしても、竹一般については随分多くの用途がある。まず孟宗竹だが、秋に稲を干す稲架（はさ）の桟として、また、いろいろの建材や支柱としてその丈夫さが活かされた。ビニールパイプなどが普及しない時代には導水管としての役割があった。次に淡竹や真竹だと、茅葺の家のいろりの上の天井材としてびっしりと並べられた。適度に室温を保持しながら煙を上方へと導くのに便利で、その竹の上には外気の中では越冬しにくい、つまり寒さに弱いコンニャク芋が保存された。

粗雑なザルなどの入れ物は家族が竹で編んでいた。竹で編んだ容器は故郷では「そうき」と呼んでいて、二種類あった。一つは竹で編んだだけのもの、もう一つは竹で編んだものに和紙を貼り付けるものである。どちらも破損すると修理した。後者について少し説明を加えると、まず柿のまだ青い実をとり、叩き潰して壺などの容器に入れ、汁を発酵させる。柿渋の誕生である。その柿渋を接着剤としてそうきに和紙を貼り付ける。すると、米粒もゴマ粒もこぼれないような容器ができあがる。

なお、この柿渋は雨傘の修理にも使われた。当時、雨傘といえば唐傘、つまり油紙を貼った傘しかなかったのである。登下校の山道では道の両側から飛びだしている木の枝で傘の紙が破れないように気をつける必要があった。

竹の皮だと、おにぎりなどの弁当を包むもの、雨の中で農作業をする際に頭にかぶる菅笠のような笠、靴など容易に手に入らなかった当時の草履の材料として利用された。特に草履の場合、片道四キロ近い通学など長距離を歩くときの草履は、足の皮膚に優しく接触してくれる竹の皮で包んだ鼻緒はありがたかった。丈夫さは別にして。

再び山菜に話を戻そう。

フキもアオブキないしはキャラブキという名で収穫され、食べられる山菜だった。ふんだんに採れた。

野山、田畑のどこにでもあった。収穫の期間が比較的長くてありがたい山菜だった。郷里と同じ新見市の、スキー場もある寒冷地の千屋(ちや)にはエゾブキと思しきフキがある。名前からして緯度か標高の高い地域に生えるフキである。茎が赤みを帯びていて、丈も高く、柔らかい。これと多分同じだと思うが、ドイツでも同じように茎が赤みを帯びていて丈も高いフキを見たことがある。野生で群生していた。グリム童話にある「いばら姫」の城といわれるザバブルク城にいくために下車した駅の近くの河原だった。本州では庭に観賞用として植えられているツワブキも、九州では食用にされている。

キノコ

キノコは、筍と同様、現今、自然に生えるものを利用するだけのこともあれば、施肥などして一種、栽培というべき方法で育て、収穫する場合もある。代表格はシイタケで、自然に生えることもあるが、大半は人の手で栽培する。春と秋、年に二回収穫できるが、ほとんどが自家用だった。シイタケが生える時期だと、例えば晩春だと、弁当のおかずはワラビ、ゼンマイ、筍、シイタケだけという日の連続だった。昨今、サルやイノシシが集落に頻繁に出没するようになり、シイタケはサルの犠牲になっている。サルはシイタケの笠の部分には見向きもしないで、柄の部分だけを食していく。栄養学的な知識がないのでサルの行動を解明することはできないが、たぶん、柄の部分に栄養価が高いものが含まれているのだろう。

秋になると山奥にキノコがいろいろ生えてくる。代表格はアカタケである。といっても、これはわが故郷の呼称であって、和名のアカタケは毒キノコである。故郷のアカタケの正しい呼称はサクラシメジである。年とか、気象条件で収量に差はあるが、多いときは処理に困るほど採れる。収穫してすぐに料理して食べるか、塩漬けにして長期に保存するかだが、三男がもっとも得意とするキノコで、経験上どの山のどの辺にいつごろ生えるかを知っていたり、どこにいつごろ生えそうか見当をつけたりすることができた。山菜は早い者勝ちで、山の所有者の了解はいらないというのが土地の慣習だった。三男はどの産物もそうだが、自分ではあまり食材として利用しないのに栽培したり収穫したりして、子やはらからに気前よく送り届けてくれる。近年、熊が出没するという噂があり、キノコ狩りも物騒になってきている。

それ以外では、マツタケ、シメジ、ヒラタケ、ナメコ、キクラゲなどが手に入るが、分量的にはサクラシメジほどにはならない。マツタケよりも市場価値の高いコウタケもあるが、手に入ることは皆無に近い。ただ、同じ市内の別の集落の、筆者の中学時代の同級生はコウタケでけっこう小遣いが稼げると自慢しているから、生える場所もあることはあるのである。

季節は一挙に晩秋から初冬になるが、この時期の山菜としてはヤマイモもある。葉が落ちてからでも困らないように、まだ葉がついている頃に目印をつけておき、掘りにいく。俗に自然薯というもので、すり下ろした後の凝固の度合いが栽培物に比し、天地の差がある。すり下ろしてご飯にかけて食べるか、味噌汁に入れて味わった。このときには米飯の量も大きく割増するほど炊かなければならなかった。それほど食欲を刺激する山の産物だった。

魚・肉・昆虫など――山のタンパク源

海産物

しかしこれら山菜はいずれも植物性の食べ物であって、動物性の食品は乏しかった。動物性の食品といえば、当然自家製ではない。季節によるちがいはあるが、海から見ていくと、冷蔵庫のない時代故、すべて塩分の多い魚だった。村の中心部、寺元に二軒の雑貨屋があり、サバ、サンマ、イワシ、ニシンが日常的に食された。サバは焼くか、秋祭りのご馳走としてサバ寿司にするかだったが、サンマ、イワシ、ニシンは焼いて食べていた。今はニシンを見ることはごく稀であるが、昭和二十年代には珍しいものではなかった。サンマやイワシは食べ終わった後骨が残るが、これはいろりで焼いて食べていた。このいろりの活用がカルシウムの補給に役立っていたことは、八十年以上過ぎて骨や歯の部分で特に実感する。次男は九十歳で亡くなったが、全部自分の歯であり、次女も同じで、九十歳に至るも柿やリンゴにがぶりと噛(かじ)りついている。他のはらからも一人の例外を除いて歯は申し分のない状態である。これ以外ではエビやスルメ、カズノコ、一夜干しのイカなどが里人の口を楽しませた。カズノコは正月だけの珍品だったが、野菜や山菜ばかりの食卓に何か海産物が加わると、箸の弾み方がちがっていた。

アミ（鯆）も食事の、特に弁当のおかずとして重要であった。秋口、弁当のおかずの材料に事欠くようになると、梅干しのほかは少量のイリコやアミを塩で炒ったものだけを毎日持たされた。イリコは今でも容易に手に入るが、当時はアミがよく出回っていた。塩辛いから少量でもおかずとして機能したのである。なお様々な料理の基礎になる出汁（だし）はイリコによった。出汁としては花ガツオも使われたが、削って使う鰹節は母が生臭いといって忌避した。

海のものとしては海藻類もある。表面がぶつぶつのアラメという海藻やコンブ、ノリ（海苔）、ワカメなども容易に入手できていて、特にアラメはどんぶりで食べるほど大量に摂取した。刺身は冷蔵庫の普及なしでは手に入らない食べ物なので、食べることはなかった。次男は生魚の匂いに耐えられなくて、短歌教室をいくつも主宰していて宴席も多かったであろうが、そのような宴席などの義理の付き合いの場を除いては、ついに生涯好んで刺身を口にすることはなかった。

クジラ

同じ海のものであるが、クジラの肉もしばしば食卓に上った。分類からいえば肉類であって、簡単には噛みきれなかったが、滅多とない肉食品として貴重な動物性タンパク源であった。世界の多くの国で鯨肉を食用にすることに反発や批判、非難があるが、人種差別という真相や深層の陰に隠れて、クジラの知能指数が高いからという理由で、つまり文化観の違いのせいで、日本は孤立気味である。そう言いながらも他方、わが家でも牛肉を食べることができない家族がいたが、これは家族同然に暮らしている飼い牛からの連想で食の対象にならないのである。

鶏と卵

陸で獲れる肉となると、鶏肉がある。年に一回鶏をつぶし、肉はもちろん、内臓や骨も料理する。骨は石の上でハンマーを叩きつけ、粉々に砕いてスープにする。わが家で肉といえば、鯨肉と鶏肉の二つだけだった。牛肉や豚肉が食卓に上ったのは昭和もずっと後のことだった。ハトやスズメを狙うこともあったが、成果は乏しかった。キジはたまに手に入った。飼育して肉を食べたあとのウサギの皮は干して耳当てや襟巻きなどの防寒具になった。

記述の順序が逆になったが、鶏の飼育の第一目的は卵を手に入れることである。自家用に、そして小遣い用に。土地はいくらでもあったので、森の近くの草地を竹で囲ったり、納屋の一隅を囲って鶏舎とした。森の近くの鶏舎は、一応囲ってはあるが、鶏は出入り自由で好き勝手に周辺の草をついばんでいた。餌をわざわざ与える必要はないのである。そのため、卵を産む場所も鶏の気持ち次第となる。家族、特に子どもは草地の中や木の根元などを探し回って、産み落とした卵を発見しなければならなかった。時には何日分もの卵をまとめて発見することもあった。雄鶏もいたので、ひよこも生まれ、育った。ひよこはちゃんと囲いのある場所で育てられた。鶏は野生の動物、例えばイタチなどに襲われることがあり、夜中にけたたましい声を聞くことがあったが、人間が追っかけても間に合うはずはなかった。飼育数はほぼ十羽を超えていたので、家族で消費する以外の卵は、学校に行く子どもが村や町の商店に持ち込んで現金を手に入れていた。

昆虫、淡水魚

陸の動物性タンパク源として確実に獲れたのはハチの子、イナゴ、ドジョウ、タニシで、ウナギは皆無に近かった。唯一アユとハヤがあったが、これは親戚の人が何十匹も串に刺して火で炙ったものを土産に持ってきてくれたときだけの珍味であった。ハチの子は晩秋の稲の取り入れも終わった頃、飛び回るハチの巣を昼間確認しておいて、暗くなってから松明状の火を持っていき、照明を兼ねて成虫を焼き殺し、白い幼虫のいる巣をごっそりはぎ取ってしまう。人や地域によってはいろいろな種類のハチの子を食べるようであるが、わが家では土バチという、ハエより少し大きい程度の小さなハチだけを獲っていた。家に持ち帰りゴボウといっしょに油で炒め、醬油味で賞味する。当時栄養価の意識などなかったが、随分立派な栄養食品でしかも珍味を口にしていたものである。

イナゴは実りつつある稲の天敵で、稲を守るという義憤を伴った捕獲行為をして、炒って食べた。多分、カルシウムはここでも摂取できていたのだろう。タニシとドジョウは煮て食べた。これら三つは家族の中でも口にする者としない者とがあった。口にしないのは、見た目も食感も生きているときと同じなので抵抗感があったからである。このタニシやドジョウも、メダカやホタル同様、化学肥料の導入で田んぼから姿を消してしまった。

果物――食の楽しみ

栽培果物

果物に目を転ずるならば、栽培したものと野生のものとに分かれる。

まず栽培したものの代表格は柿である。甘柿と渋柿とがあり、わが家には西条柿や富有柿をはじめ五種類ほどの柿があったが、甘柿は熟れ次第取って食べる。子どものおやつでもあれば、農作業の間食にもなる。渋柿は木になったままで熟すると甘柿よりもずっとおいしい。すでに「柿のカーテン」で述べたので繰り返しは避けるが、集落のあちこちにあって、満艦飾のように熟れた柿の実、家々の軒下を飾る柿のカーテンは集落の晩秋の風物詩として、いつまでも脳裏に残っている。

柿以外ではユスラウメ、グミ、セイヨウスグリ、ナツメ、クワの実がたくさん採れていた。故郷ではセイヨウスグリのことを「チョウチンイチゴ」と呼んでいた。スモモやビワの木はあったものの、いくつも実がなったという記憶はない。イチジクもあったが、熟れるのはわずかで、大半は熟れる前に秋がきた。後年、昭和も終わりのころにはリンゴが実をつけていたのを覚えている。モモやブドウは一時期あったようだが、長続きはしていない。

果物というと若干抵抗があるかもしれないが、果樹といえばクリとウメがある。クリは自家用で、いろりで焼いて食べたり、茹でて食べたり、栗ご飯にしたものだが、現金収入の一手段として栽培してもいた。

こちらは稲や柿ほど大々的に野生動物の被害に遭っていたわけではないが、野ウサギに落ちた実をかなり盗まれたことは事実である。また、害虫が入りやすく、あまり副収入としては貢献しなかった。ウメは純粋に梅干し用として栽培された。ある程度熟すと皮が黄色みを帯びるので、子どものおやつになったものだが、青くて未熟な実を食べるのは中毒の危険があり、子ども心にも用心したものである。ウメの木はもちろん、心地よい香りを放つ花をつけるので、観賞用の庭木としても大いに貢献した。長男がクルミやブドウなども試植したが、大した成果はなかった。

柿とりを道を隔てて猿の見る（竹本正）平成24年1月撮影

同じく果物というより果樹と言いたいユズは、まだ青い果実の段階ではうどんの薬味として利用したが、晩秋になり熟してくると皮を刻んで味噌に混ぜ込み、ユズ味噌として秋の収穫期の農作業のおかずとなった。また、ユズを半分ほどに輪切りし、中の袋を抜いて、刻んだユズの皮、ユズの汁、いりぼしとか削りガツオなどを混ぜ込んで、いろりで熾（おき）の上に置き、ぐつぐつ汁が湧きだしてから拾い上げておかずとした。はらからはそれぞれの家庭でその味を今でも再現して、食生活に美味とデリカシーとを加えている。ユズの木は高さは六メートルはあったと思うが、竹林と草地の境目に植えられていて、晩秋ともなると、黄色に熟れた実の集団がユズの葉や竹林の緑の背景の中に花が咲いたように浮き立って見えたものである。

野生の果物

栽培しない果物、つまり野生の果物ももちろんいろいろあるが、こちらは正しい植物名がわからないので、責任のある記述はできない。和名とか学名とかといった学術的な責任は負えないままで、あえて少しばかり書くならば、春のツツジの花は下校時の児童のおやつとしておいしいものだった。下校時は急坂だけでも二キロあまり登らなければならないので休み休みしか帰らない。その格好の遊び場が山道の両側の山腹だった。ツツジの花が咲いていると、枝を折って、花びらを何十枚も枝に通し、まとまった量になったところでがぶりと口に入れるという遊びだった。歯が赤く染まるほどになった。ただ、ツツジにも食用にするのとしないのとがあったが、区別していただけで、なぜそうするのかの知識はなかった。

いくつかの季節にまたがる野生の果物の実としてはグミがあった。ナワシログミ、ナツグミ、ツルグミの三種類の記憶がある。故郷ではどれもただイチゴと呼んでいた。ナツグミのことを故郷ではタウエイチゴと呼んでいた。同じように、ナワシロイチゴのことをフゴイチゴと呼んでいた。ナワシロイチゴは別名木イチゴ、またはその色から黄イチゴと呼ばれているが、フゴイチゴのフゴとは、郷里では籠とかザルのことをいい、実の形からの呼称であろうが、イチゴの中では王様の味だった。タウエとかナワシロというのは、それぞれ田植え、苗代といった農作業に由来する呼称であることがわかる。

『都鄙問答』と石門心学
―近世の市場経済と日本の経済学・経営学
由井常彦 著
日本的経営の諸原則は石田梅岩にある。
ISBN978-4-86600-060-2
2,400円

社会力の時代へ
―互恵的協働社会の再現に向けて
門脇厚司 著
危機的状況にある人類社会、今何が必要か。
ISBN978-4-86600-048-0
1,800円

死にゆく子どもを救え
途上国医療現場の日記
吉岡秀人 著
アジアで二万人を救った小児外科医の記録。
ISBN978-4-902385-74-8
1,300円

国境なき大陸　南極
きみに伝えたい地球を救うヒント
柴田鉄治 著
地球があぶない！ ただひとつの解決策とは！
ISBN978-4-902385-79-3
1,400円

人間革命と宗教革命
人類新生・二十一世紀の哲学
林　兼明 著
古語研究を基に多彩な思索で人類救済を説く。
ISBN978-4-9900727-3-5
3,000円

和の人間学
―東洋思想と日本の技術史から導く人格者の行動規範
吉田善一 著
社会や科学技術に役立つ日本的人間力を探究。
ISBN978-4-905194-67-5
1,800円

〔エッセイ〕

家事調停委員の回想
―漂流する家族に伴走して
中島信子 著
様々な事件に関わってきた著者による実話。
ISBN978-4-86600-035-0
1,800円

日本人の祈り　こころの風景
中西　進 著
現代の世相を軸に、日本人の原点を探る。
ISBN978-4-905194-26-2
1,600円

私は二歳のおばあちゃん
アメリカ大学院留学レポート
湯川千恵子 著
還暦で米国留学！ バイタリティあふれる奮闘記。
ISBN978-4-902385-43-4
1,600円

心に咲いた花　―土佐からの手紙
大澤重人 著
第56回高知県出版文化賞受賞
高知県を題材として、人々の強さ、優しさ、[illegible]しみ、悩みを生き生きと描いた人間ドラマ。
…905194-12-5
…円

泣くのはあした―従軍看護婦、九…
大澤重人 著
看護婦として日本の旧陸軍…
した一人の女…

ア…

〔文学〕

吉田健一ふたたび
川本　直・樫原辰郎 編
気鋭の書き手たちが描く新しい吉田健一。
ISBN978-4-86600-057-2
2,500円

森の時間
前　登志夫 著
自然と人間の深奥を捉えた名篇、ここに甦る。
…5194-69-9
…円

山紫水明綺譚　京洛の文学散…
杉山二郎 著
江戸っ子学者による博覧強記の…

おなあちゃん　―…
多田乃なおこ 著
東京大空襲を生き…

山の実りは秋が豊富だった。アケビ、ヤマブドウ、アキグミ、ヤマボウシ、ヤマユスラ、ガマズミ、モミジイチゴ、フユイチゴ、カンスなどで、故郷ではヤマブドウのことをガブと呼んでいた。古語ではエビカズラといい、葡萄色と書いて「えびいろ」と読むという。九州北部でガラメ、南部でガネブという方言があるそうだが、どれもガで始まることには何か由来がありそうだが、残念ながら究明はできない。他に採れたものではウツキと呼んでいたヤマボウシや、ガンスとか、アキナスビがあり、ナツハゼのことをカンスといい、アキグミはアサドリイチゴといっていた。ヤマナシも捨てがたい味だった。皮は豊水といった和梨系の色をしており、野生で放置された状態で育ったせいか、それともそういう品種なのか定かでないが、やや小ぶりの実をつけ、晩秋、それも霜が降りた後でないとおいしくはならなかった。

ナワシロイチゴ

花でも実でもなく、蜜を楽しませてくれたのは、ツバキ、スイカズラ、ツツジである。甘い菓子などとは無縁の当時の山の子たちにとっては、このようなものでも甘くておいしいおやつだった。特にスイカズラは味も香りも濃厚だった。

加工食品――自家製の味

栽培や採取とは違い、野菜を加工して食品とすることにも農家のエネルギーは費やされ、能力が発揮された。昭和二十年代のわが家では醤油、味噌、コンニャク、豆腐、甘酒、油、きな粉、高野豆腐、砂糖、茶の手作りをしていた。

発酵食品など

たくわんや白菜、タカナの漬物などと同様、醤油、味噌、甘酒のような発酵食品も手作りであった。味噌はただ味噌汁の材料とするだけでなく、ネギとかミョウガ、シソとかサンショウの葉などのほか、イリコを刻んで混ぜ込み、酢を垂らしておかずとしていた。学校からの帰り、わが家のどの子も店で味噌を買わされた記憶がないので、味噌はさまざまな用途に対応できるだけの、年間を通しての十分な量があったのであろう。醤油はたびたび一升瓶（一・八リットル）で買わされることがあったので、一年分丸々の量はなかったのだ。その一升瓶で買う金銭的、時間的ゆとりがないときには、白菜の樽にある汁を醤油代わりにしていた。塩分が必要だったからである。当時は貧しさや店が近くにないからと家庭の不遇を嘆いていたが、近年の栄養学的見地からいえば、白菜の漬物の汁にも種々の栄養素があり、文字通りまんざら捨てたものでもないことを知り、認識を新たにした次第である。甘酒は冬にしか作っていなかった。麹菌を買ってきて、蒸したコメにふりかけ、暖房のきいた場所において発酵させていた。できあがった甘酒を飲むのは当然うれしいことだったが、子ども心には、麹菌で真っ白になったやや発酵の進んだ米粒をつまみ食いするのも楽しみの一つだった。

豆腐、油、きな粉、コンニャク、高野豆腐、砂糖などの非発酵食品は、列記した順番に作る頻度は低くなっていた。豆腐とコンニャクについては、別の文脈で触れたのでここでは省略する。

ナタネ油

食用油はナタネ油と決まっていて、畑で栽培したナタネの実を農協に持って行くと、ナタネ油を抽出してくれた。それを瓶とか缶に入れて持ち帰り、一年中使う。農協では油を渡してくれるだけでなく、油粕も渡してくれる。これを持ち帰り、牛の餌に混ぜたり、畑の肥料にするのが普通の利用法だが、わが家では三女が油粕を布に包んで髪に撫で付けていた。おかげで髪に艶が出て、人から褒められ、自分でも内心美しい髪を誇りとしていたという。ただ、与謝野晶子が『乱れ髪』で「その子二十櫛にながるる黒髪のおごりの春の美しきかな」と詠んだような美しさを獲得していたかどうかは六十年あまり後の今、もはや確かめようがない。

実を採った後のナタネの穂は、風呂の焚きつけに使ったり、ホタルを捕まえるときの箒として利用した。竹箒があるのにわざわざそのようなものを作らなくてもよかったはずだが、そうしたのは、もしかしたらホタルに痛い思いをさせないための優しさではなかったのかと手前勝手の想像を逞しくしている。なお、捕まえたホタルは長ネギの葉、つまり筒の中に入れて、ぼんやりとした明かりを楽しんだり、夜寝るときに蚊帳の中に入れて、蚊帳の中で飛ばしたりしていた。もう一つの楽しみ方は小麦の茎で編んだ籠に入れて、中を飛ぶホタルの光を見ることだった。そのような籠が、驚いたことに中国にもあった。筆者の知人がツアーで訪れた中国の西安でほぼ同じものを土産物として買っていたのである。両国のちがいは、底の部分が中国のものは突き出ているのに対して、日本製のものは平たいということだけであった。この籠はわれわれはらからの誰もが自分で編むことができた手芸品であり、民芸品だった。思うに、このような技も中国伝来のものかもしれない。その逆も可能性としてはありそうだが、真相は謎である。なお、家の裏に湧き水が出るところがあり、その水が流れ出る細い水路にはニナという貝が住みついていて、ホタルの幼虫の餌になっているのが目撃されている。ただニナと呼んでいただけで、外観からするとカワニナと思われるが、庭の改造があってその水路がなくなっている現在、正確な同定はできない。

きな粉

きな粉については特段の説明は不要だろう。豆腐と同じように、石臼を回して粉を作っていた。水につけて柔らかくした豆か、炒った豆かのちがいだけである。高野豆腐は厳寒期に戸外で豆腐を凍らせて作っていた。

食べ物の思い出

砂糖は、戦後そう簡単には手に入らなかった甘味料だったので、手作りをすることもあった。裏庭に大釜を据え付け、勢いよく火を炊きながら刻んだサトウキビを煮詰める作業を長時間していた。長男、次男、三男の三人の働きが記憶に残っている。

筆者は終戦直後初めて食べた森永ミルクキャラメルの味、そしてまたその箱の色と形を七十五年以上経った今でもはっきり記憶している。当時、甘いものは熟した柿か山野の花の蜜以外ではほとんど口にすることができなかったので、それだけ強烈な記憶となっているのである。次女の場合、満州に嫁いだ長女が故国に帰ったとき、缶入りの、セロファンに包まれた大量のキャラメルを手土産として持って帰ってくれたことが鮮明な画像として脳裏に刻まれているという。八十年近い昔の話である。

自家製の食べ物とはちがう話だが、食べ物で強烈な記憶として残っているのが進駐軍のパンである。筆者が小学校三年（昭和二十四年）のときのある日、小学校の校門の前方五十メートルほどのところを走っている国鉄（当時）の姫新線の列車の車窓から進駐軍の、多分、アメリカ兵が、パンを一個投げてくれたことがあった。クラスの数人で持ち帰り、先生に届けて、ほぼ均等に切り分けて一学年一クラスの全員（三十六名）で感激しながら味わった。同年代の他地域の人の記憶ではチョコレートというのもある。

脱線ついでにもう一つ、食べ物の話だが、筆者は大学に入って初めて「チキンラーメン」と出会っている。どんぶりに入れて、熱湯をかけ、蓋をし、三分間待てばほのかな香りの柔らかい麺ができあがっているのである。感激の出会いであり思い出である。学生寮に住んでいて、寮母の作る食事は平日は朝、夕の二食、日曜日は一食もなしだったので、一日一食は必ず「チキンラーメン」だった。それも、肉はおろか、卵、ネギ、キャベツなど添える野菜は何もなく、かろうじて奨学金やアルバイトの報酬が入った日だけネギか卵が入った。

漬物の味

自家製の漬物で量的に横綱格なのはたくわんと白菜だった。特にたくわんは小学生だと底に手が届かないほど深い木の樽に漬けられており、漬け込むときの石の重さは大根の分量に見合うだけのずっしりとしたものであった。それも、直接大根の上に石を載せるだけでなく、長さが二メートル近くで、口径が十五センチほどもある丸太か角材の一方を家屋の床下の柱に固定し、樽を越えて伸びた他方の端にも重い石を吊り下げ、梃子の原理を利用して重石の重力が二重にかかるようにしたものであった。白菜は漬物か味噌汁の具か、和え物かで食されたが、大根はたくわん漬け以外にも煮物やおろし、味噌汁の具のほか、切り干しにして春先の野菜の乏しい時期のおかずとして貴重な保存食だった。

同じく自家製手作り加工食品として、梅干し、ラッキョウ、ナスの辛子漬けがある。ウメの木は戦後徐々に本数を増やし、自家消費するには余るほどの量のウメの実が採れた。果実が黄色みを帯びたら子どものおやつになったものだが、大半のものは収穫して梅干しにした。そして梅干し自体を食するだけでなく、その壺の中にタケノコ、ラッキョウ、ミョウガなども入れて赤くなった梅干し味のものを作って味に変化を持たせていた。ラッキョウはこのように梅干しに混ぜるやり方もあったが、当然本来の利用法としてラッキョウ漬けを作った。

かつての母親の言によると、三年ものがいちばん上等だという。食感が硬さ、大きさなどで最適だということである。三女は学校から帰るとラッキョウ漬けの壺からラッキョウを取り出し、まず茎に近いほうの細い首の部分に口を当てて中の酢を吸い出し、それからおもむろにラッキョウ本体を食べることをひそかな楽しみにしていたという。

ナスの辛子漬けは高地の気温などの気象条件のおかげもあってか、また、母親の腕のおかげか、長い発酵時間を経ての味は市販のものでは絶対に出せないものだった。ウリの奈良漬けや鉄砲漬けもあった。ウリにもいろいろな種類があるが、イノシシの仔をウリ坊という、その由来の元になっているしま模様のウリを使う。酒粕はさすがに新見町で買わないとだめだったが、じっくりと発酵させた漬物として本場の奈良のものに負けない味がした。もう一つのウリの利用法が鉄砲漬けであった。ウリの両端を包丁で切り取り、中にシソの葉をぎゅうぎゅうに詰めて味噌の中に押し込む。そして何カ月も漬け込んで食べる。これは味は実に上等だったが、今の健康談議からすれば塩分過多の漬物だった。

自家製の漬物に馴染んで育ったはらからは、保存料や人工甘味料など食品添加物の入った市販の漬物が口に合わず、自分で漬けている者が多い。特に三男のたくわんは古漬けに人気があり、透明感のある琥珀色に加えて、歯切れのよい食感が絶妙で、年間を通して子やはらからの味蕾(みらい)を楽しませている。歯が悪いせいで、漬けた本人は年間で一本しか食べないのに、毎年何十本も大きな樽に漬けている。筆者も漬物には注力している。市販の漬物の食品添加物、着色料、甘味などが口に合わなくて一念発起、たくわん、白菜、タカナ、梅干し、ナスの辛子漬けは毎年怠ったことがない。ちなみに妻はラッキョウ、キムチ、糠漬け、ザウアークラウト、その他種々の野菜の浅漬けをレパートリーとしている。

自前の茶

茶は大部分は自前だったが、一年間まるまる消費するには分量不足だった。不足分は茶の木の小枝を切り取り、いろりで炙って番茶として飲用した。また、アケビの葉を炒って茶葉の代用品とした。当時は緑茶が少ないことへの引け目みたいな感覚があったが、世界的にはジャスミン茶もあれば、菩提樹の花の茶、ビワ茶などもあり、緑茶だけが唯一の茶葉ではないことは後年にしてはじめて知った次第である。揉み立ての茶葉の濃緑で甘みのある新茶の味は、茶摘み、茶揉みの労働への労いをも加味して絶品だった。

母の工夫

こうして「食卓」をまとめてみると、いかに豊かな自給自足の生活があったたか、いかに自然の恵みを享受していたか、いかに自然の産物を知恵を絞って活用していたかがわかる。また、子どものおやつも年間を通して、ほとんど自家製のものか山野の果実しかなかったものの、それらが商店もなく小遣いも持たない子どもたちの口腹をじゅうぶんに満たしていたようで、安上がりで健康な日々が与えられていたと思うと時代と環境に感謝である。

しかし、いちばん力説したいのは、やはり母の料理に関する貢献度である。小学校を四年生まで経験した以外は、いわゆる学歴も社会生活の経験もない山奥の少女が十八歳で結婚し、夭折した二人の子どもを除いて、七十九歳がいちばんの早死にというほど長寿の子どもを七人育て、自分自身でも九十二歳まで生きた力量は、自分たちの親ながら尊敬に値する。どこで、どうやって料理の仕方を学んだのか謎である。思うように食料を買う金もなく、商店から遠く離れて買う手段も持たなかった一主婦が、それも三女の一文「母の手まり」にあるように、病弱で床に就くことが多かったのに、工夫に工夫を重ねて毎日大家族の胃袋を満たしていたのである。

そのような功績は認めつつも、他方では、料理の味は空腹度に左右されることもまた事実である。「空き腹にまずい物なし」という日本の諺もあれば、英語圏では「空き腹は最上のソース」と言っているし、ドイツ語圏では「空き腹は最良の料理人」といっているように、世界中で同じ諺を共有している。料理人の腕前以前の食料不足が料理の満足感を与えていたという面も視野に入れておきたい。

また、その工夫には、今から考えるとどうかと思われるものもある。昭和二十年代、記憶に残るのはサッカリンという人工甘味料だった。思うように砂糖が買えない境遇の家庭に、この甘味料はそれこそ甘い誘惑だった。かなりの期間にわたって料理に活用された。味の素も当時は料理の魔術師のような存在だった。

この時代は、まずどうやって食料を確保するかが第一課題だった。栄養とか味とか、どのような食材かは二の次の問題である。時代的、地理的環境のせいで食料の調達は自前のものから始まる。目の前にあるものを食材とするしかない。それも植物性のものを中心として。必然的に、手に入るものはすべて旬の野菜や山菜となった。おかげで旬のものをおいしく食べることができたし、また同時に、それしか生きる道はなかった。人間は、人知を超えた力に振り回されながら、同時にその力に支えられて生きている。

三　節目の行事

ミナミ家の暮らしは、その中心となる農作業とそれ以外の領域に分かれる。本節では農作業をのぞき、それと裏表の関係にある暮らしについて、冠婚葬を軸にして述べたい。

人生儀礼——冠婚葬

冠

昭和二十年代、この項目で該当するものはない。しかし、ただの一行ではそっけないので、若干付言したい。われわれ兄弟姉妹は子どもの頃七五三の祝いをしてもらった記憶はない。成人式についても同じで、筆者の場合、成人式に筆者名の門札を市役所からもらった記憶だけである。誕生日となると、正月に一歳だけ歳をとった感覚のほうが強かった。

受賞歴について、ずっと後年のことに触れておくと、平成二十年代に次男が元の勤務先の大学からの推薦に基づき叙勲を受けた。筆者は元の勤務先の大学から叙勲の候補者として推薦することが決まったが受けるかどうかと打診され、「辞退する」と即答した。世の中には社会の営みを支えている無数の人々がおり、大学の名誉教授というだけで受勲するのはその人たちに失礼だと思ったからである。長男が農業経営の努力で県レベルの受賞の経験があるが、詳細は不明である。三男は短歌で、三女はエッセイや短歌で受賞歴があり、エッセイで「倉敷市民文学賞大賞」を二回受賞し、短歌でも以下の歌でコンテストでの受賞歴が二回ある。

たまゆらの雨過ぎ行けば山跨ぎ鮮やかに立つふるさとの虹　（第二六回　幾山河の里の集い）

童らの寄り添う笑顔の良寛像手まり持つ手は日にぬくもりて　（良寛椿の会　第一回全国短歌会）

婚礼

昭和二十年代の当時、結婚式は婿の実家、つまり嫁の嫁ぎ先で行うのが普通だった。わが家でこれに該当するのは長男と長女の二人だけである。農家の跡取りとしての長男は、四十四歳で病死した父親の跡を継ぐために家業に従事し、二十二歳で結婚した。ちなみにはらからの両親は男十七歳と女十八歳での結婚だった。長男の結婚式はミナミ家で行われた。結婚する両家の比較的近い親戚が参列者だった。宴席の料理はすべて手作りだった。大半は婚家で作るのが原則だが、親戚からの持ち込みの料理もあった。十代半ばに達していた次女と、集落内の近い親戚の家の、たまたま次女と同年齢の女の子が宴の場にでていってお酌をした。強いていうなら神前結婚だが、神主が呼ばれたわけでない。参列者の中の誰かが祝詞（のりと）を先導した。この時代、この地域には祝詞にしろ読経にしろ、素人ながらそれなりに雰囲気を出せる力量を持った人が必ずいたのである。仲人は同じ集落の近い親戚の老人で、父と母、長男と二代にわたって仲人としてお世話になっている。結婚式という表現はせず、祝言（しゅうげん）というのが普通だった。祝言は一日だけだった。

兵庫県の丹波篠山（たんばささやま）市では、地蔵が子授けのご利益があるという信仰があるとかで、祝言の前夜には集落の若衆たちが婚家の縁側に地蔵を担ぎ込む風習があったというが、わが集落でもこのような一見手荒いが、子孫繁栄の祈りを込めたお祝いがあったようなのだが、はらからの間で記憶が一致せず、断言できない。とまれ、このようなお祝いをする若衆たちをチョンガーと呼んでいた。結婚できる年齢に達してはいるが、まだ未婚の者のことで、朝鮮半島の言葉がそのまま使われていた。自他をからかいながら、同時に親しみもこめられる用いられ方である。なお、当時、どの家にも鍵などなく、雨戸や障子を開けて地蔵を縁側に置くことなど簡単にできた。

祝言の翌日は、姑が嫁を連れて集落内の各家に挨拶まわりをするのが習わしだった。これを「じげあるき」という。漢字での表記がはっきりしないが、「地下」と書いて「じげ」と読み、村落共同体の営みに関わる表現が辞書にもあるので、多分、「地下歩き」で正解であろう。新婚旅行はまだなかった。嫁が堂々と里帰りできるのは、正月や盆の三日が過ぎた後だけだった。それ以外は、冠婚葬祭のときだけだった。「山菜――山の恵み」で触れたママコナを「嫁の涙」という地域があるのも、このような嫁の境遇があるからこそといえよう。

集落内で離婚した例が一件だけあるが、離婚して実家へ帰ることを「ふごを売る」と言っていた。ふごとは「畚」という見慣れない漢字が用いられるもので、竹や藁で編んだ入れ物で、無一文の嫁が離婚して実家に帰る際の旅費を工面する状況を比喩的に表現したものであろう。ただし、文化論のレベルで言えば、多くの比喩的表現の背後には史実として実際にあった、あるいは行われたものがあったはずである。

長女の結婚式はこれと逆で、嫁ぎ先で行われた。現在は同じ市に所属するが、当時は別の村（足見村(たるみ)）で、詳細は不明である。関係者が全員鬼籍に入っているからである。ただ、すでに書いたように長女の初婚の相手は母方のいとこだった。わが家を含めて近隣にはいとこ同士の結婚が珍しくなかった。これは何も閉鎖的な山里の故という訳でもなさそうである。加賀藩御用算用者の家に残されていた文書から『武士の家計簿』で提示した磯田道史の説によれば、「ひょっとすると近世農村では二割ぐらいがイトコ結婚かもしれない」ということである。全国レベルで実地調査をしている訳ではないので、あくまでも推定値ではあるが、その推定はわが集落の周辺にも当てはまる現象である。筆者は母親から母方のいとこ半の女性と結婚するよう執拗に言われた時期があった。もちろん筆者はそのような結婚は生理的に受け付けず、断固拒否したことはいうまでもない。

次男以下の息子、次女以下の娘はいずれも昭和三十年代以降の結婚であったため、神前結婚がほとんどであった。ただ同じ神様の前ではあっても、筆者は西ドイツ（当時）に留学中に挙式したため、古城の礼拝堂で昭和四十五年（一九七〇）に挙式し、参列者はドイツ人だけだった。プロテスタントの教会で挙式しようと試みたが、夫婦二人ともキリスト教徒ではないという理由で受け入れてもらえなかった。誓いの儀式は聖職者ではない同席のドイツ人が執り行ってくれた。ついでに脱線すれば、当時外貨の持ち出しは七百ドル（一ドル三百六十円）までしか許されておらず、筆者の給料（国立大学講師）が三万円程度で、妻の旅費として支払ったのは給料十七カ月分に相当する五十一万円ほどだった。飛行機は日本航空で、給油のためアメリカのアンカレッジを経由し、北極点上空を通過、さらにデンマークのコペンハーゲンを経由して合計十八時間を費やして西ドイツ入りした。そのころ西ドイツの小学校の若い先生の月給は十五万円、大学の助手で十九万円、大学教授で五十万円、筋肉労働者で七万円ほどで、筆者がドイツ学術交流会という西ドイツの公的機関から貰っていた奨学金もほぼ同額だった。

葬礼

わが家は仏教だった。葬式、法事は自宅で執り行った。集落のどの家も同じ菩提寺だった。東前寺（とうぜん）という、大同二年（八〇七）、弘法大師により開山の真言宗の寺だった。集落から五キロ以上離れた山奥にあり、檀家では毎年盆に餅やそうめんを持ってお参りしていた。葬式や法事にはお坊さんが関係する家を訪れていた。平成時代には道路も通じ、また、同じ新見市内の別の場所に構えた礼拝堂には自動車で往来できるが、本書の扱う昭和二十年代にはまだ道路がなく、お坊さんも歩いて各戸を回っていた。その際儀式に関わる物具がいろいろあったので、集落から二人出て往来のお供をするのが決まりだった。当時は電話も通じていなかったので、葬式や法事の連絡は歩いて行って、口で直接伝えるしか方法がなかった。

四女が昭和二十年に〇歳で、父親が昭和二十二年に四十五歳を目前にして亡くなった。父親が亡くなった当日、筆者自身は塩城小学校に入学する直前の三月、同校の学芸会があり、三男が観に連れて行ってくれたが、なぜか帰宅をせがんだそうである。三男は急傾斜の指野坂を筆者を背負って家路に向かったのであるが、坂道の途中で決まって休憩する場所があり、ひと呼吸入れた。筆者はこの時の場所と背負われた自分の姿を今でも記憶している。兄や姉たちは「虫の知らせ」で筆者が帰宅をせがんだのだと回顧している。

残された子どもは七人だった。長男夫婦の次女が同じく夭折した。いずれも土葬であった。形式は仰向けで胸の上に手を置く仰臥伸展葬ではなく、膝を折り曲げた屈葬で行われた。火葬で行うようになったのは平成四年（一九九二）のはらからの母親が初めてである。筆者は実家を継いだ長男の妻、つまり義理の姉から、「火葬にさせてもらって申し訳ない。でも、今の時代は、そうするようになっている」という意味の謝罪の言葉を聞かされた。

今では火葬に付すのが当たり前の感覚だが、このような火葬観があったということは、従来の郷里の通念としか思えない。世界の各地域ではこの他、水葬や風葬、鳥葬などの獣葬、加えて沖縄では洗骨という風習もあるが、従来の郷里の通念が土葬にあるとするならば、火葬だと肉体が滅びて消滅してしまう、あるいは焼けるのは痛ましい、と考えているのかもしれない。

郵便はがき

恐れ入ります
が切手をお貼
りください

1010051

東京都千代田区
神田神保町一の三 冨山房ビル 七階

㈱冨山房インターナショナル
読者カード係行

お名前	（　　　歳）男・女		
ご住所	〒 TEL：		
ご職業又は学年		メールアドレス	
ご購入書店名	都道府県　市郡区　書店	ご購入月	

★ご記入いただいた個人情報は、小社の出版情報やお問い合わせの連絡などの目的以外には使用いたしません。

★ご感想を小社の広告物、ホームページなどに掲載させていただけますでしょうか?

【 可 ・ 不可 ・ 匿名なら可 】

書　名

本書をお読みになったご感想をお書きください。
すべての方にお返事をさしあげることはかないませんが、
著者と小社編集部で大切に読ませていただきます。

墓地

集落では各家に固有の墓地があるが、二軒と他の十軒では墓地のある場所が異なる。二軒は自宅の敷地内にあり、他の十軒は集落の真ん中に位置する小高い丘の上に集まっている。わがミナミ家は母屋から直線距離で十メートルもないほど近くの敷地内にある。ミナミ家の仏壇では江戸時代の天明年間の位牌がいちばん古いが、暮石そのものは敷地内に幾十基もあって、自然石のものも無数にある。年代は全く不明で、すべてが血縁で繋がっているとは思えない。田地、屋敷、墓ごと別の家族から受け継いだ可能性もある。しかし、どちらにしても検証の手だてはない。古い遺跡として発掘すれば何か発見があるかもしれないが、先祖の霊を敬う精神が民俗学的な好奇心を排除するものと思われる。

葬式や法事の際には墓参りをして、墓石に線香を立て、生米を撒き、餅やアンパンなどの菓子を供えるが、特に葬式のときは、翌日墓に行って、供え物が減っているかどうかを確かめる。もし減っておればカラスが食ってくれた、つまり死者が成仏したとして安堵する。また、カラスの群れが騒がしく鳴くと、誰が亡くなったのかと気にする風潮があるが、これは日本のあちこちにある風潮だと推測している。

仏教では法事などの行事が多い。神道では葬式以外はルーテイン化した儀式は必ずしも必要でないが、仏教のうち、実家の所属する真言宗では一周忌、三回忌、七回忌、十三回忌、三十三回忌、締めくくりとして五十回忌がある。はらからは両親のそれぞれの法事に欠かさず出席している。

現在筆者の住む鹿児島県は生花の消費量が日本一である。理由は簡単で、墓参の回数が桁違いに多いのである。一週間に一度の割合で墓参する家も決して珍しくない。墓地の花が枯れない間隔で墓参をする。

だから、鹿児島県の墓地はいつ見ても花が飾られていて華やかである。故郷だと盆に一回だけ、花を活け、線香を立て、肥えた松の割り木を燃やす。折々の彼岸に手を合わせに行くことはあるが、花を活けることは稀である。二十一世紀の現在、葬儀はすべて火葬で執り行われる。しかし、住人がいない。

◆世界の宗教にみる死と再生の観念

古代エジプトでは東から昇り西に沈む太陽の運行をみて、死と再生の観念が生じ、来世において再び生き返るために火葬を忌避し、肉体を保存するためにミイラの技が発達した。死後の世界、いわゆる冥界の王オシリスの前で「罪の否定告白」(『図説　古代エジプト文字手帳』)という裁きを受けるにあたって、生前の行いが秤（はかり）にかけられる。秤は天秤で、一方に分銅に相当する「真理」を意味するマートの羽根が置かれ、他方に裁きを受ける死者の心臓が載せられる。生前に罪を犯していなければめでたく神の国にいけるが、犯していれば秤のそばにいる、顔がワニ、頭部がライオン、下半身がカバの姿をしている怪獣にその場で心臓を食いちぎられてしまい、再生への道は閉ざされる。再死である。つまりあの世でもういちど死ぬのである。この場合、感情と意識を司るのは頭脳ではなくて心臓だという観念が背景にある。

死後の裁き

面白いことに、死後あの世で受ける裁判ではこの天秤が使用される宗教が多い。筆者がはっきり知っているのではエジプト神話、ギリシア神話、イスラム教があり、キリスト教でも教会の壁画にリアルに描かれている。死後あの世に行くに際して、日本の仏教では六文銭を払って三途の川を渡るが、ギリシア神話ではステュクス川を渡る。その際渡し舟に乗るために船頭カロンに渡し賃を払わなければならない。渡し賃のコインは死者の口内に入れられる。日本のこの三途の川の思想では、川を歩いて渡る、船で渡る、橋を歩いて渡る、と時代によって諸説ある。

日本の仏教では死者が死後七日目に三途の川にさしかかると、奪衣婆（だつえば）が死者の身につけていた衣服を剝ぎ取り、それを懸衣翁（けんえおう）が川岸に立つ木の枝にぶら下げ、そのたるみ具合で罪の軽重を判断し、川の渡り方を指定する。閻魔庁に出頭した死者は生前の行状が記録された閻魔帳に基づき、閻魔大王の前で裁きを受ける。本人の供述の真偽は鏡に映し出されることで即座に判明する。

魂の審判　フランスのストラスプール、サン・ピエール・ル・ジュヌ教会の壁画

『コーラン』（岩波文庫）を読むと「真実を語る帳簿（天上の原簿）」（中巻）という記述があり、同じようなものがイスラム教にもあるようで、「はかる」という裁き方の記述が何カ所もある。同書下巻の訳注では「（正邪）の秤」

と記されていて、行いが善であった者は重く、悪であった者は軽いという。別の邦訳『コーラン』（中央公論社）は「コーラン」の邦訳と「コーランとイスラム思想」という論文の二部構成となっており、著者藤本勝次はその中で「さすがマホメットは商人育ちらしく、秤にかけるなど、非常に興味がある。」と説いている。マホメットが商人出身だから「秤にかける」という考えを思いついたような見解に見えるが、『コーラン』はエジプトやギリシア、『旧約聖書』など先行する諸々の宗教的観念の影響を受けているわけだから、「秤」はもっと長い時間的スパンで理解するのが妥当と思われる。話は飛ぶが、日本の弁護士のバッジには公正と平等を象徴する天秤の刻印がある。

このイスラム教では、最後の審判の日に死者は三つの組に分けられる。帳簿を右手に渡されて天国へ行ける（右組という訳もある）のが二組と、左手に渡されて火獄行き（左組という訳もある）となるのが一組である。天国へ行ける組のうち、一組は先頭に立って玉座のそば近くに召され、至福にして最善の天国へ入り、もう一組はやや劣るがやはり天国へと続き、左手に渡されると火獄行きとなる。

一例として最善の天国の描写だけを抜粋（中略を含む）する。

金糸まばゆい臥牀（がしょう）の上に、向かい合わせてゆったりと手足伸ばせば、永遠の若さを受けた（お小姓たち）がお酌に廻る、手に手に高杯、水差し、汲みたての盃捧げて。この（酒は）いくら飲んでも頭がいたんだり、酔って性根を失くしたりせぬ。そのうえ果物は好みに任せ。鳥の肉など望み次第。目すずしい処女妻は、そっと隠れた真珠さながら。耳に入るは「平安あれ」のただ一言。

それ以外に、『コーラン』全編を通して頻出する天国について、あらゆる果物が実り、清らかな水が流れる楽園として描かれている。

川を渡るという意味ではイスラム教とゾロアスター教でも同じなのだが、歩いたり舟で行くのではなく、橋を渡ることになっている。橋の名前はイスラム教ではシラート、ゾロアスター教ではチンバット、別の書ではチンワトとされ、裁きを受けた後の罪状の軽重で橋の幅が変わり、罪が重いと橋が狭まって川に転落してしまう。罪がなかった場合には幅が広い橋を楽々と渡って神の国へと行くことができる。

人生の階段

裁きの後の行き先は、どの宗教でも同じだが、天国か地獄である。仏教の場合、「熊野観心十界図」（岡山県武久家蔵）とか「熊野観心十界曼荼羅」（和歌山県熊野速玉大社）とかで天国と地獄の状景がリアルに描き出されている。この二つの曼荼羅に人間の誕生から死へと続く人生の階段が同じように描かれているが、興味深いことに、キリスト教でも俗称の「人生の階段」（パリ国立図書館蔵）として同じモチーフの古典版画がある。両者を比較すると、三つ大きなちがいがある。まず、半円形の階段を登って行って頂点に達し、下って行く向きが左から右へというキリスト教に対して、仏教では右から左へとなっている。描き方にちがいがあるのである。左右と文字表記について、屋名池誠の興味深い指摘（『横書き登場』）がある。キリスト教はローマ字文化圏に属するので、文字は左から右へと書き進む。これはそのまま叙述の時間の経過に相応する。翻って日本の表記は、幕末までは縦書きしかなかったそうである。縦書きだと記述は右から左へと進む。表記以外にも、日本の屏風や絵巻物は左へ行くごとに季節が進むが、西洋の絵巻物は左から右へと時間が流れるという。時間的に順序を空間に変換するときに右から左へか、左から右へ、になる。

　さらにキリスト教では天国と地獄の状景が単純に二分された図柄で描かれているのに対して、仏教では天国と地獄がさまざまなバリエーションで描かれている。ただし、「人生の階段」ではそうだが、イタリアのダンテの『神曲』でいえば、地獄は九層に分かれている。いちばんちがうのは、図像の題名でも明らかなように、仏教の曼荼羅では「心」が重要な位置を占めている。人間の生き方は心次第だという教えが強調されている。しかも、天国と地獄という単純な分類ではなく、さらに細分化されて「心」から十本の赤い糸が出ていて、天上、人間、修羅、餓鬼、畜生、地獄の六道に加えて、仏、菩薩、声聞（しょうもん）、縁覚の四聖界という風に、十種類の世界と繋がっている。

　こうして死と再生の観念から火葬か土葬かで世界の宗教観は大きく分かれるが、それとは別の鳥葬だけでみても一色には染まらない。チベット仏教で亡骸は解体されてハゲタカについばませる。ハゲタカに供養として自らの肉体を与えつつ、魂を天上へ運んでもらうためである（『鳥葬の国』）。

これに対して、ゾロアスター教では、死はこの世で忌むべき最悪の存在であり、他方、天、地、火、水などは神聖な存在なので、これらを死体によって汚すことは許されない。これらに亡骸を触れさせることは厳禁で、そのため鳥葬があり、「沈黙の塔」で鳥葬が行われる。ただし、ゾロアスター教徒のいるイランでは、一九七〇年代に鳥葬は禁止となっている。インドにもゾロアスター教徒がおり、同じく鳥葬があるという。

暮らしを彩る年中行事

祭りとは、庶民にとってそもそもは家運隆盛、家族の無事息災、豊穣を祈念する宗教的行事であるが、日常生活の次元で考えれば、祭りという名の催しは苦しい農作業の合間合間に挟まれた憩いのひとときである。このひとときのために重労働に耐え、これがあって重労働の疲れを癒やし、重労働に向かうエネルギーを蓄えることができる。

一年を祭りという枠組みで考えると、まず正月がある。師走も押し迫った頃、終戦前までは父親、その後は長男が世帯主として買い物や掛け売りの付けを払いに行き、餅搗きをし、門松を立て、注連縄（しめなわ）を張るなど、正月に関わる神事を中心とした準備をし、主婦が食べ物関係の支度、子どもたちは大掃除など、一家を挙げて用意万端整えて新年を迎える。

暮れの大掃除と付け払い

家の内外の大掃除については説明するまでもないが、付け払いについては若干触れておきたい。昭和二十年代の当時、集落には道路が通じていなかった。標高差三百メートルの坂道を下ると道路があり、それを、一キロ近く進むと寺元という熊谷村の中心地があり、神社、役場、農協、郵便局、交番がおかれており、そこには商店も二軒あり、食料品や雑貨を商っていたが、わが家では現金の持ち合わせがないことが多く、品物を買ってもその場では支払わず、盆前と師走に一括で支払っていた。

餅搗き

正月の前段として餅搗きがある。餅搗きを祭りの一つとして位置づけることには違和感があるかもしれないが、当時の集落の気分としてはやはり祭りの一つとして、気分が湧きたち、華やぐものだった。ミナミ家は、近所と三軒の寄り合いで年毎（ごと）に順番に始める。一軒は親戚だが、もう一軒はそうではない。集落内には別に親戚があったが、餅搗きは別々だった。三軒は同じ前平にあるというのが決め手であろう。

集落ではどの家でも玄関から入ると庭土間がある。ミナミ家の場合、一間半×二間（三坪）の広さがあり、先発の家は夜中の二時頃からその庭土間の大窯の火を焚き始め、湯を沸かして、その上に四角の蒸籠（せいろう）を三段に重ねて湯気が立つ朝の五時頃、他の二軒を起こしに廻る。庭土間に藁を放射状に敷いて真ん中に臼を据える。当家は家族全員が取り組むが、他の二軒は搗き手の男が各々一人来て、三人が四十五キロ（三斗）から六十キロ（一俵）の餅を搗く。家によっては他所に出ている弟妹の分まで搗かされる。勿論、餅の揉み手（成型する人）の女性も他家からは一人参加する。揉み方は神飾り用の餅花を作り、鏡餅を作って平餅を揉む。一軒が長ければ三時間位かかり、一日に三軒搗く。一軒目の取り付け餅のうまさは、体力の消耗を回復させてくれるに十分だった。

どの家にも必ず何人かの子どもがいたので、丸めたての餅を客間など普段使わない部屋に敷いた新しい筵の上に並べる仕事をさせられていた。数日後、餅同士がくっつかない程度にまで硬くなったら四斗樽などの入れ物に収める。搗いた餅の量と家族の数で事情は異なるが、元日から毎朝雑煮を食べ続け、二月、三月まで食べ続けたものである。そのせいかどうかは別として、はらからの何人かは八十歳を超えても一年中朝食に餅を食べる。四斗樽などの入れ物の底のほうに入れられた餅は、食べる時期が遅くなるので結構カビが生えていたものである。

門松

門松を立て注連縄を飾ることについては特段の説明はいらないだろう。屋敷の敷地の境目の辺り、門口にソヨゴの若木を二本立てて注連縄を張り、神様を迎える準備をするだけである。もう少し具体的に言えば、門の入り口の両方に杭を打って二メートル位のソヨゴを立て、若竹を門の前に横に組み合わせて藁の注連飾り（前垂れのように編む）を取り付けた。家の内の神棚も七本の藁を綯（な）って先を輪にしてソヨゴの葉をつけて飾った。これは父親とか長男の仕事だったが、少なくともそうした手抜きのない正月の準備と神祀りを見知っているのは戦前までと想像している。

正月の過ごし方

正月を迎えるために父親が経済的な側面を子どもらに一切見せることなく、筵編みの叺（かます）にハマグリとブリ一本などの海産物、ミカンを新見町から買ってきた。物心両面にわたって依存してきた父の親の出所で、低地にある親戚の大八車を借りて往復して運び、指野坂は背負って運んだのだという。

めでたく一年が始まる元日の朝、家族全員が庭に出て、家の裏に向かう。そこにはカシの巨木があり、その根元からは湧き水が出ていて、それを貯める小さな池がある。そこで水神様にお祈りをし、顔と手を洗う。家族全員がそれをして、東に向かって礼拝し、それから若水として汲んだ水を神棚に供える。若水の風習は一家の一年の無事息災を祈る神聖な行事だった。

その後若水として汲んだ水で雑煮を煮る。しかしすぐに雑煮にありつけるわけではない。一家の主である父親は奥の間と呼ばれる客間に家族を正座させ、年の順に名前と年齢をいわせ、新年のお祝いと、これからの一年の過ごし方について戒めのことばを伝える。由来はわからないが、床の間には菅原道真の土人形が置かれ、上半分に天神様を祀ってあった。学問の神様菅原道真を敬い、天神様の加護を祈念するよう促したものであろう。その後家族同士おめでとうと言葉を交わし合ってから、子どもたち一人ひとりに干し柿二個とミカン一個が配られて儀式が終わる。その後やっと待ちに待った年の初めの雑煮である。当時、各人に決まった膳が割り当てられており、干し柿とミカンはその膳に置いて、後から食べる習わしだった。

この奥の間での儀式は、長男が世帯主になってからは廃れている。

当時、お年玉などまるでなかった。もらえたのは干し柿とミカンだけであった。お年玉ももらえない境遇をどう評価するかだが、二十一世紀の今、小学生はほぼ例外なくお年玉をもらっている。しかしそのお年玉を含めてもらった小遣いを貯金する子がいるという。理由は、将来年金も十分にもらえない老後のことを心配してのことだという。筆者は、在職中もある時期までは年金のことなどまるで意識したことがなく、退職後は貯金の利子で生活できると考えていた。百万円を五年間預けると四十万円ほどの利子がついた頃の話である。今、同じ額を定期預金にしたとして、十年間でつく利子は千数百円にしかならないはずである。

元日は家族だけで過ごすのが習わしだった。子どもの数が多かったせいもあろうが、他家に遊びに行くことはなかった。トランプやカルタ、羽つき、なぞなぞなどの言葉遊びが主な遊びだった。テレビはなかった。家にテレビが入ったのは昭和四十年代である。昭和三十年代半ば、同じ郡の中で一番大きな町であった新見町でやっと「テレビ喫茶」が流行の最先端にあった時代である。

二日目から親戚の相互訪問とか、子どもが近所に遊びに出かけることが始まる。年の初めの一回目だけの話だが、他家へ遊びに行くと干し柿とミカンかキャラメル数箇が貰えた。集落の習わしで、子どもにとっては大きな楽しみだった。二回目以降その恩典はない。昔は家毎（ごと）に子どもが大勢いたので、他所の家でカルタとかトランプをした覚えがない。

本章で干し柿が度々登場する。筆者の知識では、たまたま集落が柿の産地として適しており、正月を中心として食べられるものと思っていたが、『日本人の原風景』を著した民俗学者の神崎宣武によれば、若水、福茶と並んで、干し柿を口にすることを年祝いの習慣とする地域があるという。わが集落もそのような地域の一つなのであろう。

一家の主は手作りの御幣を仕立て、田んぼに立てる。冬の間山に帰ってしまっていた田の神さまを再び呼び戻すためである。筆者の住む鹿児島県では「田の神さま」と書いて「たのかんさあ」と呼び、豊穣を祈願する石像があちこちに立っているが、郷里にそのような石像はなかった。

一月七日、松の内が終わると、門松が取り払われる。

これら一連の正月の行事は新正月と旧正月と二回あったが、昭和二十年代も後半になると次第に新正月に一本化され、新正月とはいわず、ただ正月というようになっていく。

旧正月は明治五年（一八七二）をもって廃止された旧暦（太陰暦）の正月ことで、以後、新暦（太陽暦）に改められ、現在に至っている。ただ、この旧正月、月の運行に由来する暦なので、新暦の年のうえではずれが生じ、一月下旬から二月上旬の間を揺れ動くものだったので、新暦で社会生活が営まれている時勢に合わなくなってしまった。正月の儀式としては新正月とほぼ同じことが行われた。わが集落としてはいちばん積雪の多い旧正月の時期のほうが体を休めるには適していたことは事実である。

この時期に一戸だけでなく集落全体で行う催しがあった。厳冬で、特段の農作業もない時期に一家から男衆が一人ずつある家に集まり、自分たちで料理を作って酒を飲み、談笑する。その時の料理は「けんちん汁」という。全国的にはこのけんちん汁、肉や野菜など多種類の具を煮込むものであるが、わが集落の集いでは鍋に油を敷き、大根を現代のフライドポテト状に短冊切りし、油揚げを混ぜて醤油で味付けをするだけの簡単素朴な料理だった。集落でこの逆バージョン、つまり女性だけの同じような集まりがあったという記憶はない。

他方、筆者の住む鹿児島県には薩摩川内市東郷町という地域があり、「おなん講（女講）」という催しがあって、集落のある家に集まり、男衆が顔に化粧し、奥さんの和服を着て女装し、料理を作って、奥さんたちを接待するという集いがある。二十一世紀の初めまでは残っていたが、令和の今も存続しているかどうかは確認していない。奥さんたちからすれば「上げ膳据え膳」を楽しめるひとときである。家事と農作業に追われる主婦に対する感謝と労いの他、その年の豊作を喜び合う秋の収穫祭の一つだという。この文脈でわが集落の集いを意味付けるとすれば、主婦の手を煩わさずに男衆だけで飲み食いし、かつこれから迎える一年の豊作を祈願したものである。

桃、菖蒲、菊の節句

次にくる暦の上での祭祀とすれば桃の節句となるが、高地のこととて、新暦の三月では花はまだ咲かない。辛うじて梅が咲くころ花見をする。といって、大人がするわけではない。子どもがご馳走を作ってもらって重箱に詰め、日当たりのよい梅の木の根元で数人で、普通は二人だけで食べる。他の同じ年頃の子には内緒の場所を選ぶ。そもそも食べ物が乏しい時代、境遇なのに親たちはよくご馳走を作ってくれたものである。

桃の節句の次は五月の菖蒲の節句である。このときは一家の主はショウブとヨモギの葉を束ねて母屋と納屋の屋根に飾り、風呂にショウブの葉を入れる。食べ物としては必ずヨモギ団子を作り、菱形に切る。

菱餅と呼んでいた。次女の記憶では、菱餅を作るのは菖蒲の節句のときだけである。小豆のあんこか砂糖醤油で味付けをする。

節句としては三つ目の菊の節句には、奥の間の神棚に父が菊の花を活けており、その香りが室内に強く漂っていたことを三女が思い起こしている。

屋根に飾られたショウブとヨモギ
（宮城県七ヶ宿、昭和43年５月　須藤功撮影）

昔話にみる豊穣への願い

日本の昔話に「蛇婿入り」というのがある。『日本の昔ばなしⅢ』（岩波文庫）では「蛇の婿どの」で、一人の娘のところに夜な夜な美しい若者が訪れるが、夜が明ける前に帰ってしまうので何者か正体がわからない。そこで若者の着物に糸を通した針を刺し、その糸を辿っていくと、洞穴に住む蛇だとわかった。蛇は、母親の蛇に向かって、自分は針の毒にあたって死ぬが、娘は身ごもっていて、蛇の子が生まれるから心おきなく死ねるという。その際、「三月の節句の桃酒と、五月の節句の菖蒲酒、九月の節句の菊酒を飲まれたら，胎の子が堕ろされてしまう」という意味のことをいって、蛇の息子は一巻の終わりとなる。蛇の母と息子の話を立ち聞きした娘の母親は、娘にそれぞれの節句の酒を飲ませて胎児を堕ろさせ、ことなきを得る。

角川書店刊で同じ関敬吾編の『日本昔話集成』にあるもう一つの「蛇婿入り」の話では、田んぼの水不足に悩んだ長者が、田んぼに水を満たしてくれるものがあったら三人の娘のうち一人を嫁にやるという。蛇が水を満たしてやり、約束どおり娘をくれというと、上の娘二人は蛇と結婚することを拒むが、末娘は承諾し、嫁いでいく道中に策を巡らせて蛇に針が刺さるように仕向け、退治して別の村にいく。その村の長者の家で奉公をし、料理の腕が見込まれて長者の息子と結ばれる。

郷里の五月の菖蒲の節句がどのような呪（まじな）いや祈りを込めたものか想像もつかないが、ショウブが出るのは一つ目の話だけなので、蛇のように子沢山になることを祈り、二つ目の話だと稲作のために水を乞うものである。これは話の筋をモチーフだけで表面的に読み取った場合の解釈だが、どちらにしても、アジアの神話では蛇は竜につながる存在であり、その竜は水を司る霊獣なので、多分、意識の上ではただの季節の行事という程度の行いであったのだろうが、この二つの類話に共通するのは、共に豊穣への祈りである。ちなみに、キリスト教文化圏だと竜は悪魔の化身である。

以上二つの類話は共に蛇は婿の役割で登場するが、谷川健一著の『蛇　不死と再生の民俗』（冨山房インターナショナル）によれば、長野県には「泉小太郎伝説」があるという。同じように蛇と人間が交わる話ながら、毎夜男のところに女が通ってくるもので、その女の正体は大蛇だったという。ここでは男女の役割が交代し、しかも子どもが産まれている。同書にはこれ以外にも蛇と人間が絡む類話が多々紹介されている。

七夕

菖蒲の節句に続く祭祀となれば、七夕である。その年に生えた若竹を切って帰り、庭に立てかけておく。朝早く起きて畑に行き、サトイモの葉にたまっているキラキラ光る水玉を集めて持ち帰る。その水を硯に入れて墨汁を作る。池の水や湧き水は使わない。墨を擦り、願い事を書いた短冊を結びつける。

一夜明けて、早く目が覚めた子が近くの小川に竹を流しに行く。流すといっても、ただ小さな橋の上から投げ下ろすだけである。集落は地形上前平（まえびら）と後平（うしろびら）の二つの集団になっているので、一つの集団の中で、子どもたちが早起きの競争をする。その後竹は放置されたままである。短冊が雨や風や水流でちぎれて飛び、竹の葉は枯れてなくなり、残骸がしばらく残る。やがて大雨が降ったりすると竹はちぎれたり折れたりして跡形もなくなる。地方によればこれを「ネブタながし」というと、『ふるさとの生活』の著者で民俗学者の宮本常一が紹介している。

盆

その次は盆の話になる。これは現在でも一貫して八月の旧盆になる。盆の前日にその年に生えた若竹を切り、庭に三本立てる。三角形に組んで、大人の頭の高さくらいのところに板を敷き、キリの葉を載せる。畑からナスとキュウリを取ってきて馬と牛を作る。トウモロコシの毛で尻尾とし、足と耳は小さな木の枝を使う。稲藁で編んだ紐に別の若竹を割って梯子（はしご）段を作る。梯子は普通は十二段なのだが、閏年には十三段にする。梯子の根元には平たい石を置いて肥えた松の割り木を燃やす。馬は先祖が早く戻ってくるように、牛はゆっくりと去って行くようにとの願いが込められているという。火は先祖のための道案内をし、道を照らす役割を担っている。これを盆棚という。

盆の行事は三日間つづく。仏壇には盆提灯をしつらえ、線香を立てる。初日の墓参りは迎え火を焚く。それぞれの墓石に花立をたて、生花を活ける。花はオミナエシ、ミソハギ、リンドウ、キキョウ、フジバカマなど、すべて自前であった。こうして花の名前を列記していてふと気がついたのだが、八月中旬に活けるのに秋の七草が三つも入っている。高原は秋の訪れが早いのである。なお、故郷ではミソハギのことを「ぼにばな」と呼んでいた。漢字で書けば「盆花」となる。

別の町で暮らしていて、里心のついた者は帰省する。「実家でゆっくりしたい」というテレビでおなじみのセリフはそのような人たちのためにあるが、受け入れる方はゆっくりなどしていられない。しかし、再会の喜び、帰省を楽しませようとする親心が、あらゆる犠牲を払って歓待する。郷土料理、おふくろの味の出番である。

盆の三日の間に遠くの親戚を訪れて墓参りをしたり、仏壇に手を合わせたりすることもあるが、集落内の親戚だとほぼ必ず一回は墓参りをしたものである。松の割り木か線香を持って行って燃やす。三日目には盆棚と墓の前で送り火を焚いて締めくくりとする。集落の習わしとしては菩提寺への参詣もある。集落から五キロあまり離れた山奥にある東前寺に各家から一人が代表で寺参りをする。すでに述べたように、供物はそうめんか餅だった。

親戚付き合い

　盆になると、遠近に関わらず親戚同士の交流が当然のようにあった。父方の叔母の嫁ぎ先の菅生（すごう）のスス原の親戚を訪ねるときには、山谷（やまたじ）、余の内、吉野河内を通り、単調な九キロほどの山路を二時間半ほどかけて子どもが一人でも行った。はらからの父方の叔母自身は出産直後に亡くなっていたが、その後も親戚付き合いは濃厚で、親類に行く楽しみはなぜかスス原がいちばん大きかった。

　母の実家のあった長畝（ながうね）、母の上の姉の嫁ぎ先の家があった新田（しんでん）（史書では浜新田）にも行ったが、どちらもおばあさん、叔母さんが親切だった。長畝に長男と三男の兄弟二人で行ったとき、三男は歓待のあまり雑煮を強いられて喉を通らず、年下で物を言わなくてもよかったので、口に含んで外に出てから吐き出したりしていた。

　今はダムの底に沈んでしまった新田では、アユやハヤの串焼きをご馳走になった。この家は、何十匹も串に刺して火で炙ったアユやハヤをわが家にくるときの手土産としていた。母の下の姉の嫁ぎ先の家でも、山谷はそれほど記憶がない。

　指野は地形上前平、後平と二つの集団に分かれていたが、わかりやすい言い方で、分断意識はなかった。前平ではテラノマエの下手のニイヤの田の畔で盆三日間にわたり、子どもたちが集まって流星花火を上げていた。

ナナカベ

昔近所の家が火災に遭ったため、京都からアトギサマを勧請し、アトギサマという松の木の根元で肥松（こえまつ）を焚く行事があった。その際、「ナナカベ」という、七回水浴びする行をしたと子ども心に耳にしたことがある。戦後はそのような水浴びをする行はせず、肥松を焚くだけだった。これはそれほど盛大な行事ではなかった。

荒神祭り

田舎の諸行事は稲作を中心としたものが多く、田植えが一段落した時季、稲の生育を願う虫追い的な行事から今年の作も大過なく見通せる時季を経て、秋の気配が濃くなり、稲穂が色づいてくると、荒神様の祭りとなる。荒神祭りは牛馬のお祭りで、農耕に役立つ牛馬に対する素朴な感謝を込めた行事である側面もある。牛馬と書いたが、集落には馬は一頭もいなかった。馬は熊谷村にも一頭いるかいないかほど珍しい存在だった。これは日本全体の視点からも納得されることで、『生きていく民俗』の著者、宮本常一によれば、馬をより多く飼育するのは東日本で、西日本では牛が主だった。

この荒神祭り、収穫祭が眼目のお祭りで、十月十日と決まっていて、昭和二十年代はこの祭りを祝った後で稲刈りがいっせいに始まった。後年、稲の品種改良で実る時期が早くなり、機械化も進み、昭和も後半に入ると、稲刈りはこの荒神祭りの前にすべて完了してしまうようになった。

この祭りは集落総出の、別称メシ食い祭りの観を呈していた。集落の人全員が夕方一軒の家に集まり、飲食を共にする。担当は輪番制で、不幸があった家などは順番を変えてもらう。稲刈りに向かって気合を入れる集いの性格があり、もちろん、神事としては収穫祭の一環だが、意識のうえでは楽しい飲み食い、談笑の機会である。

集落もいちばん住民の数が多いときは百人を超えていた。それぞれの家からサトイモやピーマンなどの野菜や料理、食器類を持参して相互に助け合ったが、記憶に残る料理の花型はピーマンの葉の料理だった。他府県では葉を食べるというと怪訝な顔をされるが、自家製のナタネ油で炒めた料理はとても美味しかった記憶がある。しかし、もっとも記憶に残るのは、百人前後の集落の全員が集まる会合でマツタケの入った飯でもてなしてくれた家のことである。マツタケの生える場所を知っており、それも大量に採ることのできた家は尊敬と羨望の的だった。

岩山祭り

これに続く祭りは村を挙げての「岩山さんの祭り」である。熊谷村の、それも上熊谷地区の中心部にある岩山神社の大祭で、近隣の町村から、遠くは島根県など他県からも参拝の客が訪れ、今は十一月三日の文化の日と決まっているが、かつては十一月五日とされていて、年により曜日が定まっていなかったので、学校も早めに授業を切り上げて子どもに参詣の機会を与えていた。下半身の病気や怪我に霊験あらたかとかで、石凝姥命（いしこりどめのみこと）を主祭神とし、正和二年（一三一三）に駿河国から勧請し、貞和元年（一三四五）から現在の場所に奉還されている由。

どぎつい色、味、音量の露店が多数並び、子どもたちにとっては夢のような一日だった。急な石段が百段以上あり、八人一組で神輿を担いで降りるのはかなりの危険を伴うものだったが、未だかつて転落して死傷者が出たという事例はない。現在はあまりに急傾斜の石段の部分は方向転換をして危険を回避しているものの、最盛期には五、六基はあった神輿の担ぎ手も、住人の数が激減した昨今、威勢のよい神輿担ぎの風景はなく、往時の迸る（ほとばし）ような熱気はもはや望むべくもない。しかし、参拝客は結構集まっている。

岩山様のお祭り　平成11年11月撮影

この岩山神社と後醍醐天皇がご縁がある、という話がある。岡山県新見市の地元紙「備北民報」が伝えるところによれば、同市唐松地区に「かいごもり祭り」という同市の重要無形民俗文化財に指定された祭りがあり、地区の住民は火の気を絶ち、ひっそりと家にこもるという風習があるという。元弘二年（一三三二）隠岐に流される後醍醐天皇が唐松に立ち寄った際、天皇を警護するために男は国司神社に集まり、女子どもは恐れ多いと家にこもったのが始まりで、天皇はこれを聞いて甲冑と一矢を神社に奉納し、開運を祈願したという。その後、この国司神社は明治三十三年（一九〇〇）に岩山神社に合祀されたという。

神楽

一年を閉めくくるのは神楽である。ほとんどすべての農作業が終わった十二月、各戸の輪番制の担当で舞台を設け、神楽の舞を楽しむ。神楽は「備中神楽」に分類されるもので、中国地方の、主として県北か山陰地方の農民が農閑期の副業として年に一回やってくる。会場は屋内だった。客間とそれに接する部屋を合わせて最低十四畳の畳の間と、二つの部屋の外側にある回り縁とが舞台と客席になるので、大蛇や鬼の面などにほんの数メートルの距離で接すると、迫力満点、恐怖に近い興奮を味わう瞬間があった。舞は深夜にまで及ぶので、子どもの中にはそのまま寝入ってしまう者もかなりいた。

芝居

これを祭祀と呼ぶかとなると微妙だが、熊谷村の年中行事としては「芝居」を見る機会が師走にあった。娯楽の乏しい時代、地域では重要な催しだった。刈り取られた田んぼに芝居小屋を建て、村を挙げて観客となる。料金は寄付で賄う。例えばわが家で何人かが見物に行くと、一家の主の長男がある額を寄付する。すると幕と幕の間に「〇〇〇〇さま、一つ金で◇◇百円！」と大音声で披露される。筆者はそれがとても気に入っていて、小学校二年生のとき、授業中に机のうえに立ってその真似をし、先生にこっぴどく叱られた記憶がある。七十数年後の今でもその教室の中の机や柱の位置、風景を鮮明に覚えている。

このような定額の入場料ではなくて任意の寄付による入場、鑑賞、見物はキリスト教会などでみかけることがあるが、もっと組織的な例はニューヨークのメトロポリタン美術館だ。決まった入場料はなくて、窓口で申請して任意の額の寄金、ドネーションを申し出るだけである。少しだけ脱線すると、インドにはダーナという言葉がある。気前の良い人という意味である。これが日本にくると「旦那」になり、英語圏では「ドナー」となり臓器提供者となったと推測している。村芝居だと、同じ村の人たちに寄付金の額が知らされるので、見栄とか外聞も混ざった額になるが、この美術館だと、一見恣意的に少額でごまかせる利点がある反面、美術に対する敬意の表し方とか、日本人としての振る舞いが問われているようで、却って少額ではごまかしきれない悩みがあった。なお、インターネットの情報によれば、同美術館も二〇一八年三月一日よりニューヨーク州在住者、および同州を含む他の二州の学生をのぞいては定額の入場料が設定されたという。何事につけ、判断は人任せが楽である。

ハレの日の喜び

冠婚葬祭はいわば非日常の出来事である。それに対して日常とは、わが集落では農作業といえようか。民俗学ではハレ（晴れ）とケ（褻）という分類やハレとケとケガレ（穢れ）という分類があるようで、門外漢の立ち入ることができない領域の論争があるらしいが、学問的なレベルを離れて奥山の人間の直感でいえば、ハレとケとケガレの分類が馴染みやすい。ケとは日常を意味するもので、ハレとケガレが非日常という風に、日常と非日常にまず分類し、非日常のうち、慶事をハレ、葬儀などをケガレとすることでそのような催し事に対する心構えが自然にでき、生活者の実感として受け入れやすい。

変わり映えしない農作業を根気強く営む日々の中にハレとしての慶事は年間のスケジュールとして組み込まれていて、ハレとケの組み合わせで一年が過ぎる。ハレとケはそれぞれに補い合ってその価値を示す。ハレを励みに苦しい農作業を続け、農作業に休みの時間を設け、農作業の報酬としてのハレを楽しむ。また、農作業の成果を得てこそハレの喜びは大きい。この喜びの中に神への感謝は形としてはあり得る。正月の祭壇へのお供えが何よりの証拠である。しかし、いちばん認められるのは自分たちの労働に対する満足感である。

冠婚葬祭の文章を書き進めているうちにふと気がついたのだが、わが集落には歌や踊りがない。土地特有の民謡もなければ、盆踊りなど、集団で踊るものもない。沖縄や鹿児島県の離島などではちょっとしたきっかけさえあればすぐに踊りや歌が披露される。この違いは何に由来するのであろうか。土地柄だからといってしまえばそれまでのことだが不思議である。一般的には踊りや歌は豊作、家内安全などを祈願して神々に祈りや感謝を捧げるもの、単調で辛い日常生活から解放される慰安、遊びをもたらすものである。あるいは中国の雲南省や沖縄でみられるような歌垣は、踊りと歌を通して若い男女の出会いの場を提供することがある。地域は別として、わが家では豊作祈願は神様に、家内安全は仏様に、具体的には仏壇に祈りや感謝を捧げる傾向があった。

第三章
日常の楽しみと苦労

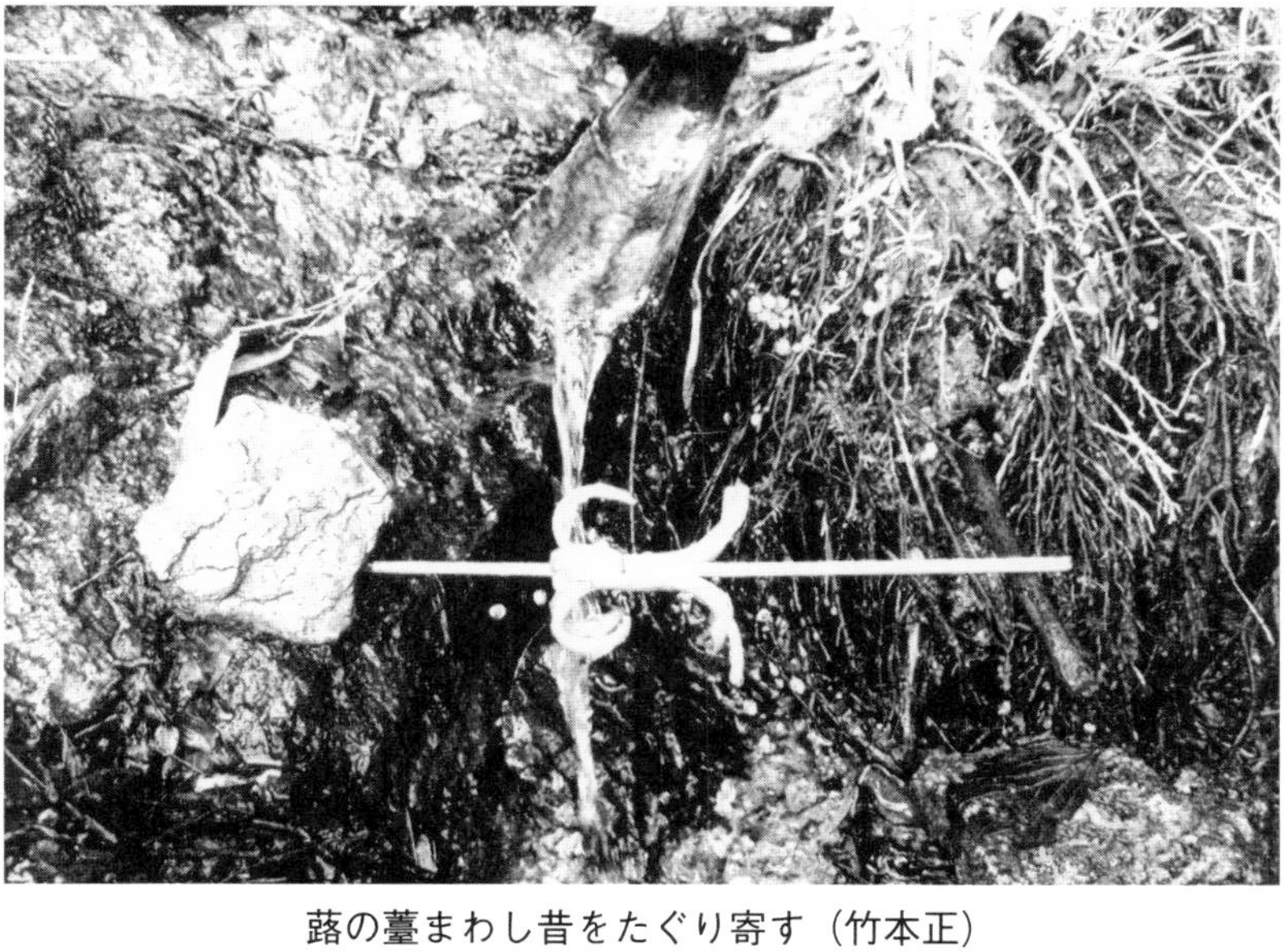

蕗の薹まわし昔をたぐり寄す（竹本正）

一　子どもの遊び

遊びで思うのだが、専業農家では子どもも重要な労働力であった。わが家でも休みの日や、標高差三百メートルの急な坂道を含む下校に要する時間が一時間半はある学校から帰った後は、何らかの手伝いが待ち構えていた。だから、一年のうちでも遊べる日や時間は限られていた。また、下校途中だと他集落の子どもと遊ぶことはあったが、帰宅後は家族内での兄弟姉妹で遊ぶことが多く、近所の子どもも仕事がなくて遊べる場合はもちろんいっしょに遊んだ。男女、年齢に垣根はなかった。それから、遊びの種類は季節に左右されていて、現在のように電子機器を使って主として屋内で一年中似たような遊びをすることはなかった。なお、昭和二十年代の当時、学校は土曜日午前中もあったことをつけ加えておきたい。学校にプールがなかったことはいうまでもないが、給食もなかったので、土曜日、早く昼ごはんにありつくためには、道草を食わずにさっさと帰るしかなかったが、季節によっては道端に生えているイタドリやスカンポ、ツツジの花びらなど、文字どおり道草を食べるとか、スイカズラの蜜を吸ったりしながら坂道を登るという日もあった。

屋外での遊び

ビー玉

場所は中庭、ゲームにはいくつかの種類がある。農家だから中庭は広い。

一つめは、地面に五カ所、直径六センチ前後の穴を掘る。穴の位置は田んぼのカカシだと説明しやすい。頭のてっぺんが「天」、足の下端が「地」、両手の端がそれぞれ「右」と「左」とし、上下左右の交点が「中」となる。「地」からスタートし、「中」に入れ、次に「右」へ、それから「中」に戻り、「左」へと進み、再び「中」に戻り、「天」に至り、ゲームオーバー。これはビー玉の進路を説明したものだが、ゲームというからには対戦相手がいる。いちばんシンプルなルールでいけば、先に「天」に行き着いたほうが勝ちである。ルールを少し複雑にして、途中で対戦相手のビー玉を遠くへ弾き飛ばして、自分が先に「天」に行き着くというやり方もある。

この遊び、まったく驚いたことに同じアジアのブータンで二十一世紀の今も子どもたちを楽しませている。二〇二〇年八月のNHK総合テレビの番組「鶴瓶の家族に乾杯」の再放送でその場面があった。日本とブータンの間の文化伝播の興味深い素材である。

二つめは、広い中庭いっぱいを戦場として、対戦相手がそれぞれ一個のビー玉を持ち、相手のビー玉に当てるゲーム。当てられたらそれでゲームオーバーとなり、当てられたビー玉は取られてしまうか、または取られないで新たなゲームの開始かとなる。

三つめは、直径三十センチほどの円を描き、中にたくさんのビー玉を置き、一定の距離、例えば三メートルほど離れた位置に線を引き、そこから一個のビー玉を投げるか転がして円内のビー玉を外へ弾き出した数を競うものである。

これらの遊びでビー玉を動かすやり方は投げるか弾くか二種類ある。投げるのは指でつまんで肩の上から野球のようにオーバースローで投げるのと、ソフトボールのピッチャーのようにアンダースローで投げるのが普通で、両手で前へ押し出すような投げ方はほとんどしない。指で弾く場合は二つのやり方がある。ビー玉を親指と中指ではさんで、中指で弾き飛ばすか、ビー玉を親指と人差し指ではさんで、親指を前に突き出し、人差し指を手前に引くことでビー玉に回転をかけて突進させるかする。

わが故郷ではこのビー玉を「マブロ」と呼んでいた。インターネットの情報では、山陽地方では「マーブル」と呼ぶらしいので、山陽地方と山陰地方の境目にあるわが故郷では若干発音にズレが生じたようである。マーブルといえば、そのまま英語の marble があるが、本来はラテン語で「輝く石」を意味する大理石に由来するもののようである。『広辞苑』によれば、室町時代の末期、長崎に渡来したオランダ人が製法を伝えたガラスをビードロと総称していたという。ビードロとは、ポルトガル語でガラスのことで、この呼称が定着した背景には、十六世紀半ばから日本と関わりのあったポルトガルの影響が考えられる。球体のガラス製品をビー玉といい、平たい円形のものをはじき玉、つまりおはじきと呼ぶようになった。

時代が移り、ガラスの代用品が作られるようになり、ラテン語圏を含めた四つの外来文化からわが故郷の「マブロ」の遊びもあったわけで、なかなか国際的な広がりを持った遊びといえる。筆者の住む鹿児島ではこの遊びとガラス玉を「目玉」と呼んでいたという。

水鉄砲、くす玉鉄砲

いずれも主として男の子の遊びだった。水鉄砲は竹林から適当な太さの真竹を切ってきて、自分で作っていた。水はバケツや洗面器に入れてならどこでもできるし、集落の何軒かは庭に池があったので、池ですると無制限に楽しむことができた。

くす玉鉄砲も同じく竹林からかなり細めの竹を切ってきて、自前で作って遊んだ。鉄砲の弾は二種類ある。一つはリュウノヒゲの実で、薄い青色だった。故郷ではこの実をくす玉と呼んでいた。しかしこれには量に制限があるので、たいていは新聞紙を引きちぎり、池の水や自分の口の中で濡らして球としていた。ただ、この二つの遊びとも、アメリカの西部劇のように敵味方になって相対して撃ち合うというのではなく、より遠くへ飛ばす技を競うものだった。

三角ベース、ボール蹴り、ドッジボール

農家の中庭が広いといっても、これらボールの遊びには広さの制約があった。ボールは軟式テニスのボールが普通だったが、当時は入手が容易でなかったのと、すぐに空気が抜けてしまう粗悪品が多かった

ので、中に小石を入れてそれをボロ切れで包んで紐でぐるぐる巻きにして間に合わせていた。今で言えば野球やサッカーの真似事をしていたのである。小学校では登校し、始業開始のガランガランという手で振って鳴らす鐘の合図があるまでは学年内で二チームに分かれてゴールを競い合っていた。さすがに小学校では布のボールではなくて本物のテニスボールだった。クラスの誰かが持っていた。

ドッジボールは学校でしかできなかった。個人の家庭にはないボールだったので、学校の備品のバレーボールを使わせてもらっていた。これは昼休みと決まっていた。先生もスリッパで校庭に降りてきていっしょに楽しんだ。はずみで先生のスリッパが脱げたとき、先生の足の親指が見えた。当時は破れたソックスを履いていた先生もいたのである。

釘立て

釘と地面があればできる遊びだった。全国的に行われていた遊び方としては、地方によっては二人か三人で対戦し、短い直線を一本引いて、その両端からそれぞれスタートし、地面に釘を立ててスタート地点との間を線で結ぶ。それを繰り返して対戦相手の行く手を封じ込めるように線を引いてゆき、相手が釘を立てて線を結ぶ隙間がなくなったら、そうさせたほうが勝ちというゲームだが、故郷ではこの遊び方の経験がない。あるのはもっとシンプルなもので、地面に突き刺さっているか転がっている対戦相手の釘を狙って投げて釘を打ち込み、相手の釘を倒すか撥ね飛ばすと勝ちという遊びだった。山奥の農家にとって当時は釘もなかなか手に入らない貴重品だったので、勝ち負けで釘の所有権が移動することはなかった。

ほとんど男の子の遊びだった。

おはじき、あやとり、お手玉

これらは、主として女の子の遊びだった。おはじきの遊び方は多種類に及ぶため、いちいち書くことができないが、奈良時代にはすでに中国から渡来していたそうで、最初は石で作られていたが、明治時代にガラス製に変わったという。中庭で遊ぶことが多かったが、屋内でも遊べる便利なおもちゃだった。遊びの基本はその名の通り、主として小指で弾くものだった。

あやとりは雪に閉じ込められた冬でもコタツに入って遊ぶことができたし、冬以外は縁側に腰掛けて楽しむこともできた。

同じくお手玉も家の中でも外でも楽しむことができた。屋内では天井が邪魔になって高く投げ上げることができなかったが、外では思いっきり高く投げ上げて時間を稼ぎ、お手玉の数を多くすることができた。といっても、せいぜい三個までだった。

ジャンケン、ハンカチ取り

ジャンケンの起源は日本にあるとか、中国から伝来したものだとか諸説あるようだが、いつでもどこでもできた。ハンカチ取りは縁側で楽しんだ。縁側は濡れ縁ではなかったが、当時は縁側のガラス戸や障子、ましてや雨戸は開けっ放しだったので、いつでも何人でもいっしょに遊ぶことができた。何軒もの子どもが大勢で遊んだ記憶がある。

縄とび、ゴム跳び

縄跳びは一人で遊ぶときはジャンプしながら縄を回転させて、その回数を数えるものだが、二人だと、一人が縄の一方を庭木などに巻きつけて回せば、もう一人が跳んだりくぐり抜けたりすることができる。三人以上だと二人が回せば同様の遊びができる。

ゴム跳びは紐とかゴムを水平に引っ張って、その上を、足などでまたがって越えたり跳び越えたりする遊びで、紐とかゴムを踝（くるぶし）の辺りから徐々に高くしていき、紐とかゴムを引っ張っている子の肩や耳の高さにまでなると、跳ぶ子は両手を地面につけて逆立ちをして足で紐とかゴムを越える。ゴムを持つ子が頭上高く手をあげても跳ぶ子が越えれば遊びは完結し、選手交代となる。

かくれんぼ

特に説明は不要であろう。ただ、田舎の農家のこと故、大きな納屋があるから隠れる場所はいくらでもある。

竹馬

「竹馬の友」とは日本では懐かしく思い出される「仲の良いおさなともだち」の意味であるが、中国では若干ニュアンスが異なっているようである。中国の故事では旧知の間柄での優劣関係を表現するのに用いられるという。

家のすぐ近くに繁茂する竹林があるわが家では竹馬の材料には事欠かなかった。子どもたちは勝手に竹を切ってきて、自分で作って遊んでいた。中庭に雪が降り積もっている時など、竹馬で中庭を横切って移動したり遊んだりしていた。上達すると片足だけでホッピングのような動きもできるようになった。

竹スキー

同じく竹を使った遊びとしては「竹スキー」がある。現在のように市販のスキー用具一式など持たなかった時代、地域にいた者として、冬になり雪が積もると、竹林から真竹を切ってきて、自家製のスキーを作った。日本には同じ名前のスキーがあるが、構造は同じではなかった。日本で普通に「竹スキー」と呼ばれるものは、縦に半分に割り、節を三つ残して切り離し、一方の先端部を火で炙って曲げて、紐またはストックを用いて立って滑るスタイルであるが、故郷では節は一つだけ残して、足を載せる部分に鉈で二カ所割れ目を入れ、ある程度平らにして靴を載せやすくするとともに、曲げやすくする。節を含む部分を先端部にしていろりの火で炙って曲げ、その状態を維持したまま池などに走っていって水につけ、曲がりを固定する。平坦な場所などほとんどない集落だったので、道なら大抵どこでもスキーを楽しむことができた。ストックなどは用いず、しゃがんで先端部を握って滑るものだった。子どもによっては紐やストックを用いずに立ったまま滑ったり、細い急斜面の道で滑ることもあったが、大怪我をした話は聞いたことがない。

メンコ

主として男の子の遊びだった。故郷では「パッチン」と呼んでいた。日本全国で呼び方がいろいろあるようだが、「パッチン」は故郷の岡山県や近隣の広島県や島根県にあるようである。大小さまざまで、長方形か円形の厚紙に戦国武将などが描かれたもので、競技相手のパッチンに利き手と反対側の足を沿わせ、利き手で自分のパッチンを強く叩きつけて、その風圧や物理的な力で相手のパッチンを裏返えすことができたら勝ちとなる。利き手でパッチンを叩きつける場合、遊ぶ地面が平らでなくパッチンと地面の間に隙間があるとそれを利用して裏返しを狙う。遊ぶ際のルールにもよるが、大きさが違えば当然その能力に差が出て、大きなパッチンのほうが有利になる。こうなると分限者の家の子のほうが有利になる。大きなパッチンも買ってもらえるからである。この勝負でパッチンの所有権が移動するかしないかは、ビー玉やおはじきの遊び同様、その時々のルール次第である。

コマ回し

ほとんど男の子だけの遊びだった。古代エジプトや古代ギリシア時代からあるおもちゃのようで、遊び方やコマの形態は多様である。遊び方と形態は連動しているので、故郷で馴染みのある遊び方をコマの名称という枠組みで整理すると、まず「ひねりゴマ」がある。商品として買ってもらうこともないわけではなかったが、わざわざ買ってもらわなくても山に行ってドングリを拾ってきて竹の串を刺せば立派なおもちゃになる。

次に「手よりゴマ」、これで遊んだ経験がないわけではなかったが、両手をこすり合わせて回転時間の長さを競うか、対戦相手のコマを弾き飛ばせるかだけの比較的単純な遊びなので、あまり興味をひかなかった印象である。「糸巻きゴマ」は構造がシンプルでなく、他と比べて格段に高価というわけではなかったにしても、乏しい家計で買ってもらえるおもちゃではなかった。鞭や棒で叩いて回転させる「ぶちゴマ」は経験がない。この「ぶちゴマ」、二〇二〇年の滋賀県大津市文化財保護課の発表によれば、「叩きコマ」といい、同市で出土したという。砲弾のような形状で、六世紀後半から七世紀前半のもので、祭祀に用いられた木製としては国内最古のものと推定されるという。同じように「けんかゴマ」もしたことがない。この二つの遊び、山奥にまで普及していなかっただけのことであろう。

いちばんよく遊んだのは「投げゴマ」だった。胴体に紐を巻いて遠くに投げつけ、間髪を入れず紐を引き戻してコマを回転させるもので、地面に落として回転させるもの、手のひらに載せて回転させるものならだれでもできたが、いったん投げたコマを引き戻すとき、コマの軸に巻きつけていた紐の先端を一瞬で引き戻して肩にかけ、指に巻きつけたほうの紐の他の端を結んで水平にし、その水平になった紐の上にコマの下側の軸を引っ掛け、紐の上で回転させたり綱渡りをさせたりするもので、熟練を要する遊びだった。これができればコマ遊び人としては一人前だった。これは子どもが買ってもらえる数少ないおもちゃのひとつだった。

木登り、ぶらんこ、おやつ

この二つの遊びの舞台は柿の木だった。干し柿の産地で、どの家にも柿の木があったので、ぶらんこならロープがあればいつでも楽しむことができた。季節は限定されるが、秋になると柿の木に登って柿をおやつにしていた。富有柿は熟れさえすれば食えるが、渋柿だと熟して柔らかくなったものだけ食べていた。これの味は絶品だった。柿の木という舞台は、遊びとおやつの天国だった。

柿の木以外での木登りもあった。特に秋がそうなのだが、アケビやグミ、ヤマボウシ、故郷でカンスと呼んでいたブルーベリーによく似たイチゴなどあり、イチゴだと他の季節でも幾種類か楽しんでいた。秋の木の実でもう一つ挙げたいのはヤマブドウである。スタジオジブリのアニメーション映画「かぐや姫の物語」の冒頭部で、たくさんの子どもたちが木に登って楽しそうにうれしそうにヤマブドウを口にしていたが、故郷の風景と重なる懐かしい一場面だった。故郷では「ガブ」と呼んでいた。

他家にはなかったがわが家には「ヤマナシ」があった。初冬になって霜が降りた後でないと味がつかなかったが、野生のナシである。現在のように二十世紀ナシといった改良されたものではなかったが、文字通り野生の味がする、しかし珍味の存在だった。後年、これほど貴重なものを長男はなぜか伐採してしまった。はらからの誰もが全く理解できない所業である。

木登りは子どもの遊びのためだけではなかった。ネムノキの葉は牛の大好物なので、登って枝を折って持って帰り、牛小屋へ行って食べさせていた。ただ、このネムノキ、とても折れやすくて、筆者は二メートルあまりの高さから墜落し、山肌に着地した。着地の地点には木の切り株が突き出ていて、数センチずれていたおかげで大怪我を免れた経験がある。

猟

猟についてはものまね程度のことしかしていなくて、文字どおり子どもの遊びだった。晩秋になると山に入り、針金で罠を作り、ウサギを狙った。しかし、はらからの中で成功した者は一人もいない。集落には名人のような大人が一人いただけだった。

スズメには二種類の方法で挑戦した。一つはY字型の木の枝にゴム紐を結びつけ、長く引っ張って小石か紙を丸めた玉を放つものだった。パチンコと言っていた。もう一つは真冬にするもので、雪が積もって外で遊べないとき、中庭の納屋の軒下に米粒を撒き、竹のざるにつっかい棒を立て、棒に紐をつけて納屋と反対側の母屋の部屋のこたつに入りながら障子戸をかすかに開けて待ち伏せ、スズメが飛んできて米粒をついばみ始めたら紐を引っ張って竹ざるをバタンと落とす仕掛けである。二つの方法のどちらでも成果を挙げたことは一度もなかったが、挑戦すること自体が楽しい遊びだった。

魚釣りは程よい大きさの川がなくてしたことがない。時代環境で学校にはプールがなく、おかげで水泳もできないはらからが多く、ほぼ全員「かなづち」だった。三男に至っては警察予備隊に入りながら水泳はできなかった。

ウナギについては、次男がいちど田んぼで捕まえたことがあり、八十年経った後まで自慢していたほどで、空前絶後の手柄話であった。集落の子どもたち全体にいえることだが、ドジョウ、イナゴ、タニシ、ハチの子などを捕まえるのは遊びを兼ねた動物蛋白源のおかずの獲得のためであった。ただ、だからといって健康食品という視点があったかといえば、そうではなくて、単に食料増に貢献し、美味しくて食膳を賑わすからであった。これに対して、イナゴ獲りは稲の害虫駆除という意識された側面も持っていた。ドジョウ、イナゴ、タニシ獲りは、稲作に農薬が使われていなかった時代の思い出である。こう書いたからといって、農薬を使わない時代に戻すべきだと一方的に主張するつもりはない。直接農作業に携わる農業従事者の労苦を思えば、農薬が果たした役割は絶大なのである。農薬の使用については完全な肯定も完全な否定もできない二律背反のジレンマの中にいる。

子どもは秋になると、山に入り、ドングリを拾って大人に渡し、大人はそれをどこか多分、農協に持っていって換金した。豚のエサである。

屋内での遊び

純粋に屋内の遊びというと種類は限られている。まず冬以外に屋内で家族内、あるいは近所の子どもたちと遊ぶことなどない。言い換えれば、屋内の遊びは雪に閉じ込められた冬だけのものである。トランプ、カルタ、花札といったカードを使った遊びが主で、取り立てて書くほどのことはない。

将棋

いわゆる普通の本格的な将棋もあるが、これは子どもの頃はした経験がない。当時の故郷には囲碁やチェスはまだなくて、あるのは将棋だけだった。遊び方は「将棋くずし」、「挟み将棋」、「重ね将棋」、「将棋倒し」、「お金将棋」の五種類だった。

「将棋くずし」は将棋のコマ（以下コマ）を雑然と山盛りに積み上げて一個ずつ取り去っていくもので、地方によっては音が出たら負けというのもあるようだが、故郷ではコマの山が崩れたら負けとなっていた。「挟み将棋」、「重ね将棋」、「将棋倒し」については特筆することはない。

「お金将棋」についてはルールが複雑なので少し書いておきたい。地方によっては、文字どおり金をかけてするもののようだが、故郷では金などかけたことはない。ただ、金をかけるときの基準の数値で重なるところは多い。

コマ「金将」を四個手にし、将棋盤の上で一挙に落とす。その時の「金将」の落ち方でゲームが進行する。まず隅のマスに「歩兵」を置き、ゲームがスタートする。コマは次以降の四隅で停止できれば「香車」へと昇進し、次々と上の階級へと昇進を重ね、「王将」となって先に隅に停止できれば勝ちとなる。コマは四辺のマス九個上を進むが、その際に進む数が「金将」の落ち方で変わってくる。「金将」が表になると一コマにつき一マス進む。横向きに立つと一コマにつき五マス進む。縦に立つと十マス、四つのコマが全部表になると五十マス、全部裏になると百マス、全部縦に立つと二百マス、逆さまに立ったり、全部横向きに立ったりしたときに進めるコマ数は、適宜大きなマス数で決めれば良い。

このように書くと自己完結的な遊びに見えるが、これは勝負なので、厳しいルールがある。ゲームが進行し、対戦相手が自分より階級が上だと、途中のマスで追い抜かれたら、相手がもう一回まわってきて自分を通り越した後でなければコマを進めることができず、休まなければならない。たまたま自分が隅のマスにいたときに通り越されたら休む必要はない。対戦者が三人だと、一人から休みを強いられても、もう一人が自分より上の階級で、その人に通り越されたら次の順番でコマを振る権利が与えられる。通り越す対戦者が同じ階級だと休む必要はない。「金将」が一個でも盤外に落ちたら「しょんべん」、盤上で重なったら「くそ」といって、コマを進めることができず、次の順番を待つ。

ことば遊び

しりとり、なぞなぞ、替え歌、早口ことばなどで遊んだが、しりとりについて書く必要はあるまい。むしろ時代や地域を特徴づける記録としてはなぞなぞ、替え歌、早口ことばが挙げられる。

なぞなぞ

なぞなぞは時代や地域によって差があるはずで、例えば「下は大火事、上は大水」というのがあったが、インターネットにはその逆のものがあった。「上は大火事、下は大水」というものである。どちらも風呂が正解なのだが、前者は故郷のもので、後者は他地域のものである。どちらも五右衛門風呂だが、後者は下で火を焚くと、風呂の中の水は上から温まることに由来し、前者は十返舎一九の『東海道中膝栗毛』の主人公弥次さん喜多さんの話を思い出せば納得されよう。二人が底板を蓋だと思って使わずに風呂に入って釜の内側の底に直接足が当たり、熱いといって大慌てをする場面で察しがつく。その他特に記憶に残るほどのなぞなぞはない。

替え歌

子どもの頃よく歌って楽しんでいたのが次のものだった。しりとり、だじゃれ、意味不明ながら発音の面白さなどから成っている。リズムは元歌のとおりである。

童謡「靴が鳴る」（上は元歌で清水かつら作詞、弘田龍太郎作曲、下は替え歌）

おててつないで	おててテンプラつないでこちゃん
野道を行けば	野道を行けバリカン
みんな可愛い	みんなカキクケコンニャク
小鳥になって	まるめてチュウラッパ
歌をうたえば	はげた頭に
靴が鳴る	トンボが止まる
晴れたみ空に	はげた頭に

靴が鳴る　　　　　トンボが止まる

歌ではないが、言葉だけ替えてだじゃれを楽しむものもあった。

カッコウの鳴き声は地方によっていろいろ表現される。「てっぺん欠けたか」と普通言われるものは、故郷では「とっつぁんこけたか」となっていた。

早口ことば

これはどこの国にもあることばの遊びで、英語の例をふたつあげると、I scream, you scream, we all scream for ice cream. She sells seashells by the seashore. といったものがある。これらはよく似た発音ではあっても少しずつ単語に変化を持たせながら、一定の意味内容を含ませたものである。故郷では「東京特許許可局」、「生麦生米生卵」などが定番だった。

遊びを通して得られるもの

子どもの遊びに関しては、本章冒頭で書いたように、性別、年齢、家族の垣根がないことが最大の特徴だが、それだけでなく、文中で触れたように、食料やおやつを手に入れることを目的としたもので、純粋に遊びとはいえないものもこの範疇に入る。かつて有馬朗人文部大臣（当時）が教育の目標は「生きる力」を育てることだと言明したことがあるが、故郷では遊びがそのままストレートな意味で「生きる力」の育成に関わっていたといえよう。本や音楽、絵画などの都市型の文化とはまったく無縁な遊び故に、これらの分野では都会で育った子どもたちにまるで太刀打ちできないが、異なる分野での才能や力は十分に涵養（かんよう）されたと自信をもっていえる。

二　家計と家

年末恒例の「今年の漢字」流にわがふるさとの家の家計を通時的に言えば「貧」の一字に尽きる。しかしこれを説明するためには数字がなければならない。ところが家を継いだ長男はすでに鬼籍に入っており、数字を交えた紹介はあまりできない。また、戦時中の戸主の父親とか父親亡き後の戦後の世帯主の長男がいちいち家族に対して家計について報告することなどあり得なかった。そのため標題からすればやや違和感があるが、数字を含むことが少ない些(いささ)か比喩的な表現を試みたい。まず家計にとって最大の関心事であった収入の面から見ていきたい。

農家の家計簿

米の値段

ここから実家の家計に直接触れることになる。

実家は専業農家だった。主たる収入源は米だった。戦時中は集落全体で供出の俵数が指定され、集落内で相互に調整して対応していたが、戦後その強制はなくなっても最大の現金収入源である米はなるべく多く供出するよう努めていた。耕作していた田んぼは一町（一ヘクタール）ほどで、稲作に適した日照時間、水の確保が限られた中での標高の高い山奥の水田ではその収量は限られていた。日本の標準的な収量は一反（十アール）あたり十俵（六百キログラム）となっているようであるが、これは一畝（一アール）あたりだと一俵（六十キログラム）となり、長男はそのような望ましい作柄を「畝一俵」と呼んでいた。全国的には「畝俵」と書いて「せだら」というらしい。これは長男にとっては夢の数字であり、遠い目標値でしかなかった。実際どれほどの収量があったかは文書で確認できないが、日本の標準的な収量の六割が確保できたとすると六十俵ほどになる。これを大家族の一年間の食い扶持と供出米に割り振っていく。

磯田道史の著わした『武士の家計簿』（新潮新書）によれば、江戸末期の加賀藩のある武士の一家の年間の米の消費量、いわゆる「飯米」は、家族、家来、下女、合計八人で八石、一人当たり一石（百五十キログラム）と報告されている。単純計算すると、一人一日あたり二・七四合（四百十グラム）ほどとなるが、すべて八人や来客の胃袋に入っていたとは考えにくく、一部は換金用に充てられていたと思われる。

わが家での消費量は一年間の飯米は大人一人あたり一俵、子供がその七割とするのが目安だったので、大人三人、中高生各一人、小学生以下五人の当時の最多の家族数から逆算すると飯米が十俵ほどで、五十俵ほど供出していた計算になる。十俵の中には餅米も二俵は入っている。餅米で作る餅や赤飯は農村の食生活、祭事や催事、親戚との付き合いなどには必需品なのである。これは建前で、実際は毎年家族が経験したのだが、一年間を通して食い扶持の米が十分にあった試しはなかった。極端な場合には田植えの季節にもう備蓄の米が尽きていた。供出米を増やして収入の確保を優先したからに他ならない。「食卓」でも触れたように、そのような場合は親戚から借りたり、干しうどんを主食がわりに食べたり、団子汁といって味噌汁の中にたくさんの団子を丸めて入れて腹を満たしたりした。早生の米を栽培して早めに新米を食べるというのもあった。

この米の収入、インターネットの「米価の推移」のデータによると、昭和二十七年（一九五二）で三千円、昭和三十二年（一九五七）で三千八百五十円が米一俵の値段だったので、わが家が仮に五十俵供出していたら、それぞれ十五万円、十九万円あまりの収入があったことになる。

米に次ぐ収入源は牛、木炭、葉タバコ、束ね木、干し柿、クヌギの木の皮、スギやヒノキ、マツなどの木材であった。

牛の値段

西日本に属するわが家では農耕用の家畜は牛だった。牝牛を一頭飼っていた。飼育の第一目的は農耕に使うためだったが、もう一つは仔牛を産ませて現金収入を得るためだった。仔牛は年に一回産まれた。一歳前後で競りにかけた。昭和二十年代の当時、まだ人工授精の技術は集落には届いていなかった。そのため発情すると、同じ村内ながら種付け用の牛のいる家までは歩いて連れて行った。同じ大字の上熊谷の別の集落の時期もあれば、大字の異なる下熊谷にいる種付け用の牛のいる家まではるばる六、七キロ歩いて連れて行った時期もあった。米以外でもっともまとまった現金収入だった。とは言いながら、額についての正確な数字は分からない。統計的資料ではっきり確認できるもので比較すると、平成十年（一九九八）の米価（自主流通米、税込）が一俵で一万九千六百三円だったとき、子牛の牝で三十二万四千円、去勢された牡で三十九万三千円の平均価格となっており、大変粗雑な比較だが、普通物価を比較する場合米価を基準にすることが多いので、ここでもその例に倣い、米価との相対的な比率で計算すれば、昭和二十年代の当時、仔牛の牝で六、七万円程度の収入を得ていたはずである。

少し時代を遡るが、牛の値段で関連する話がある。母親は嫁ぐとき、牝の仔牛を一頭連れてきた。しかしこれは完全に譲り渡した持参金がわりではなかった。この仔牛が成牛となり仔牛を産むと競りにかけて売るわけであるが、その四分の三は母親の実家の取り分とし、わが家、つまり母親の嫁ぎ先の取り分は四分の一と約束させられていた。わが家ではこれを「足一本」の取り分と呼んでおり、母親が連れてきた仔牛の一代限りの約束事だった。

炭、タバコ、木材の収入

次に挙げられる収入源としては木炭がある。農閑期に当たる冬に限られた金儲けで、所有する山林のクヌギ、マツ、カシの木で炭を焼いていた。いちばん多く焼いたのはクヌギの木だった。マツは木炭として柔らか過ぎ、カシの木は数が少なく入手しにくかった。築窯に便利な土や水が手に入りやすく、炭にする木材の運搬が楽なところに窯を築き、焼く。集落には一度に六十俵も焼ける大きな窯を築く家もあったが、わが家では三十俵から四十俵程度を焼く大きさだった。ひと冬に三回焼くとすれば百俵程度換金したはずである。金額については知る術がない。

葉タバコも夏から冬にかけて手間暇かけて生産した。畑で成長し、やや黄色になった葉をもぎ取って藁縄に通し、母屋と納屋の間に吊るして乾燥させる。夜間は軒下にまとめ、朝、雨天以外は再び取り出して天日に当てる。乾燥してしわくちゃになった葉を家族総出で夜なべ仕事で伸ばし、一定の分量でまとめて縛り、隣の新見の町まで大八車で運搬する。初冬にいくばくかの現金をもたらす産物だった。

束ね木、干し柿、クヌギの木の皮も毎年決まった時期にそれぞれいくばくかの収入をもたらしていた。雑木林を伐採してクリの木を植えたり、シイタケを栽培したり、コンニャク玉を売ったりして収入とする年もあったが、恒常的なものではなかったし、金額も限られていた。

スギやヒノキ、マツは木材として丸太のまま売ることがあった。臨時的に金が必要な時に業者に売り渡していた。

家計というからには収入だけでなく、支出についても言及しておかなければならない。しかし既述の『武士の家計簿』のような几帳面な記録はまったく残っていない。税金、年金代、新聞代、電気代、通信費など公共料金的なものから、自家や親戚の冠婚葬祭の費用や交際費、子どもの教育費、可能な限りは自給自足ながら砂糖や塩、魚などは買うしかない。肉で唯一買ったのは鯨肉だった。牛肉や豚肉は買った試しがない。金で買わず自給した動物性タンパク源は、年に一度だけ屠る鶏の肉、イナゴ、ドジョウ、タニシ、ハチの子、鶏卵、親戚からもらうたくさんのアユやハヤの干物だった。アルコールとしては合成酒が飲まれていた。法律違反だが自分で酒を作ることもあった。同じく法律違反だが、ラジオの聴取料金は払っていなかった。その他肥料代など、さまざまな生活場面で支出があることは改めて説明の必要はないであろう。

「貧」の一字の家計

短歌に託す思い

貧に誇る我に月の如き宝珠あり　（正岡子規『寒山落木』）

貧にをりて貧を厭はずといふ教へ心に持ちし子規十六歳　（次男の歌集『秋篠』）

正岡子規は四国の松山藩の武士の家に生まれたが、五歳で父を亡くし、十代半ばで上京し、当時の帝大、現在の東大に入学も、中退した経歴の持ち主である。

ここで宝珠とはその本来の意味は如意宝珠（にょいほうじゅ）であって、意のままに願いを叶える超越的な力である。同趣のものにインドの如意樹（にょいじゅ）がある。古代インドの説話集『カター・サリット・サーガラ』に登場する樹で、訳注では「希望を適える者」となっており、樹ではあるが人間に対して予言めいたことを言葉で伝える。中国では三蔵法師の家来、孫悟空の如意棒が有名であるが、如意宝珠、如意樹、如意棒がどのような関係なのかは門外漢としては定義できない。しかし、いずれも意のままに願いを叶える超越的な力を有している点では同じである。

子規が言っている宝珠がこのとおりの意味かどうかは定かでないが、彼の晩年の作品の『病牀六尺』では、谷文晁（たにぶんちょう）の絵を「七福神如意寶珠の如き趣味の俗なるもの」と評しており、引用した俳句の尊さとは別物である。このように如意宝珠に二様の姿を与えていると思われるが、次男の短歌から読み解くならば、子規は貧しいながらも己の家柄や才能に誇りを持って生きていたと推測できる。翻ってこの次男、中学校教師の職を捨てて上京し、大学に編入学し、豪農の広大な屋敷の一隅にある離れに住むに当たって、郷里の母親に実に細々と自炊生活の実態を、主として金銭的な側面から伝えている。

昭和三十一年（一九五六）の手紙をみると、かなり多くの種類の生活用品の名前が列挙されているが、ここでは数例だけあげよう。

飯を炊く釜新品、五百円
戸棚、千八百円
石油コンロと石油、二千円
座布団、二百円
大学までの電車の定期券一カ月分、四百六十円

大学の授業料、五千五百円

などで、石油コンロについてはネジをゆるめてマッチをつけると五分で茶が沸くとまで書き、いろりと竈で時間をかけて煮炊きする母親に「便利の良いことは大したものだ」、と都会生活の便利さを嬉しそうに伝えている。他方、懐具合については預金の残高と旧職場の餞別がそれぞれ二万円ほど、近いうちに入る退職金が十五万円ほどとなっており、母親の心配を軽くするための文面ながら、自らも金銭的な不安を持って新生活を始めたことがうかがえる。冒頭に引用した次男の短歌は、正岡子規に仮託した自らの誇りと決意の表白であろう。

蛇足ながらこの正岡子規、例の有名な「瓶にさす藤の花ぶさみじかければ畳の上にとどかざりけり」の歌がある『病牀六尺』は、その間の子規の様子、心情を伝えているが、脊髄カリエスに病んで三十四歳で亡くなっている。明治三十五年（一九〇二）のことである。奇遇とも言えないほどの話だが、われわれはらからの父親はこの年に生まれ、同じ病氣の脊髄カリエスで亡くなっている。ただの因縁話に過ぎないが、正岡子規の写生の精神を短歌創作の際の大きな指標とした次男が、年号と病気を介して父親とつながる正岡子規の矜持の精神をも支えにしていることに、ある種の感慨を覚える次第である。

家族の援助

すでに第一章、二、「十二の家物語」でも書いたことであるが、次男は師範学校時代に土屋文明に出会い、短歌の世界に導かれ、さらなる研鑽を求めて上京したという面が表向きにあることは事実であるが、他方にあるのは実家の貧しさであったはずである。直接間接に実家から金をせびられ続け、実家の近くで暮らすことに嫌気がさしていた面も否定できない。

実家から金をせびられたのは次男だけではない。三男も頻度こそ違え同じ目に遭っている。戦時中は父や長男が時期こそずれているとはいえ戦地に召集され、弱冠十代の半ばから実家の農林業に携わり、戦中戦後の社会の混乱の犠牲となって二十歳すぎまで勉学の機会はすべて奪われ、ひたすら家業や出稼ぎの苦労を重ねた三男は、長男の復員後、農家に長男以外は不要なので現在の自衛隊の前身の警察予備隊に入隊することで実家を離れた。

三男の記憶では、警察予備隊に入ったときから間髪を入れず母から金の無心の手紙がきた。当然長男の意向を受けてのことである。そのことに関して長男は知らぬ顔で通した。ある手紙では千六百円と具体的な数字が書かれている。

これもすでに書いたことであるが、長女は満州の嫁ぎ先から次男の師範学校での学資の支援を行なっている。次女も同じ目に遭っている。最初は親孝行のつもりで自発的に送金をしていて、家屋の修理などにかなりの額の支援をしていたが、ある時からせびられるようになって送金をやめた。その次女、高校卒業後の進路として看護学校を四校受験し、三校に合格し、京大医学部付属看護学校を選択した。京大というブランド名に惹かれた面もあるが、主たる動機は待遇面にあった。全寮制で食住費、授業料、教科書代などすべて支給され、自前で必要なのは個人の小遣いだけであった。小遣いは次男からもらっていた。

三女と筆者はその意味ではせびられていないが、高校時代に貸与されていた奨学金を一時的にせよ実家のやりくりに利用されていた。筆者は大学受験を志すも受験参考書を買うゆとりがなく、数学だけやっと買うことができた。高校の現代社会の先生は高校卒で公務員試験を受けるよう勧めてくれた。世界史の先生は参考書を一冊プレゼントしてくれた。わが家の貧しさは高校の先生の間でもよく知られていたのであろう。

奨学金にまつわる話題をもうひとつ付け加えたい。昭和三十年代半ばの話だが、筆者が大学入学にあたって、学資が必要となり、屋敷内の裏庭にあったカシの木の老大木を伐採し、売り払った。その売上金の中から六万円が筆者に与えられた。筆者はこれで入学金、前期半年分の授業料、半年分の生活費を賄い、以後、大学院修了まで特別奨学金とアルバイトでやりくりし、郷里からの送金はなかった。ただ、学生時代を通じて学生寮に住み、授業料は常に全額免除され、大学院修了後教職についたため奨学金の返還は必要でなかった。唯一高校時代の奨学金を就職後返還しただけである。この奨学金についてはちょっとしたエピソードがある。筆者は浪人して入学したので奨学金の貸与を申請できるとは思っていなかった。勝手な思い込みだったがともかくそう思っていた。ある日、大学の事務係から連絡が入り、奨学金を申請するよう勧められた。入学時の書類からわが家の貧しさが際立っていたのだろう。おかげで特別奨学金が貸与された。このような奨学金制度がなかったら、筆者の大学生活は不可能だった。筆者は大学院修了時、地方の国立大学に就職することになり、旅費を含めて初任給がもらえる四月後半までの生活費のため、当時工事中だった阪神高速道路の飯場の夜警をしてまとまった収入を得ていた。

貧しさを越えて

本節冒頭で書いたように、昭和二十年代の家計は「貧」の一字に尽きる。しかし、郷里を後にしたはらからは、その後の人生ではそれなりの生活をし、「貧」の身分ではない。郷里では金持ちのことを分限者、大金持ちのことを大分限者、一応の暮らしをしていると小分限者と呼ぶが、その分類でいくと、どのはらからも小分限者の身になってそれぞれの趣味の世界で生きている。ただ、はらからの出た実家は近い将来消滅し、廃屋と墓地と叢林だけが残されることであろう。さらにもう一つ付け加えるならば、現金収入がなかったという意味では「貧」の暮らしだったが、金(かね)以外の領域ではほぼすべて満たされていた気がする。家族間の助け合い、常に旬の新鮮な食材を食べることなど、人生を振り返ってみて、欠損感より充実感のほうが多い気がする。

三　家族の病気と治療

人は健康であれば、健康のことなど話題にしない。話題にするとすれば病気のほうだ。そこで両親を含めて、我々はらからのかかった病気、あるいは死因となった病気について考えてみたい。

病気と人生

山奥の農家で

敗戦直後、昭和二十二年（一九四七）に四十五歳の誕生日を直前に控えた年齢で亡くなった父親は、結核性の脊髄カリエスを病んでいた。当時の熊谷村には耳鼻科の医者が一人いて、神経痛だろうと診断した。その医者に勧められて風呂水に硫黄を入れるなどして自宅で療養を続けたがいっこうに回復しないので、当時の隣町の新見町の医者にかかると脊髄カリエスと診断された。ある時期、集落に戻っていた看護婦の世話も受けていた。敗戦直後のこととて医薬品が乏しく、ましてや貧しい山奥の農家の人間にとって満足な治療など望むべくもなかった。治療代は現金ではなくて米で支払っていた。

父は、二十歳になった大正十一年（一九二二）から二年間兵役に就き、その後復員して農業をしていたが、昭和十二年（一九三七）に日中戦争勃発で再び召集され大陸に渡った。この時は運よく半年で除隊となり帰還した。

再び農業をしていたが、やがて病魔に侵され、再起することはなかった。三女が聞いた父の最後の言葉は独り言だった。「なさけない。なんでこぎゃあな厄介な病気になってしもうたんかのう」（『父のわらべ歌』）

父親の倍以上の年数を生きた母親は平成四年（一九九二）、九十二歳で亡くなった。十八歳でミナミ家へ嫁ぎ、夫である父親が兵役で不在の夏、三人目の子を出産。農家でありながら働き手はその母親だけという事情で、出産して三日後には田の草取りをしなければならなかった。それも毎日、朝から晩まで。そのようなある日のこと大雨が降り、ずぶ濡れになった身で一キロ近くも歩いて田んぼから引き上げた。ところがそれでその日の仕事が終わったわけではなかった。濡れ鼠のまま、今度は家から標高差で百五十メートル、距離にして四百メートルほど下った谷間にある水車に精白した米を取りに行かなければならなかった。帰途は十五キロほどの米を背負って下ってきた坂道を登らなければならなかった。家にたどり着いた途端、意識を失った。「思えば、私の子ども時代の母は、昼間でも床に就いていることが多く、家の中はいつも煎じ薬の匂いが立ち込めていた」と巻末に転載した三女のエッセイ『父のわらべ歌』で回顧しているように、病みがちな年月の一生だった。とは言いながら、結核性の脊髄カリエスを病んでいた父親をいちばん身近で看病していた母親に感染しなかったのは不思議である。晩年は身体的には特別の持病もなく順調であったが、最晩年の数年間は認知症になり、心臓麻痺を死因としてこの世を去っている。

子どもの病気、大人の病気

我々はらからの最年長の長女は、満州に嫁ぎ、二児をもうけ、引き上げる途中の船上で二児とも天然痘に感染したものの一人は助かり、一人は亡くなった。帰国後実家で数年過ごした後再婚し、二男四女をもうけて七十九歳で亡くなった。成人にまで達したはらからの中では最も若い年齢での死である。死因は肝臓ガンだった。

戸籍上の長男は〇歳で夭折したため病弱であったということしかわからない。そのため本書では通常は戸籍上の次男を長男として文を綴っている。その長男、ジフテリアに冒されたこともあり幼少期からどちらかというと病弱で、父親は長男のために片道何十キロも歩いて親戚を訪ね、そこを拠点にして卵を手に入れたりなどしていた。長男が熊谷村から奨学金を出してやるから師範学校に行くようにと促されてもそれを受け入れず農家を継いだのは、一つには長男が家業を継ぐというのが当時の風潮としてあったことは事実だが、もう一つにはこのような父親の愛情に応えるために家業を放棄するに忍びなかったということもあったようである。

はらからから見ると、農薬利用が始まり、無防備な格好で農薬散布などしたせいで健康を損ねた部分もあったと思うが、晩年は食道ガンを患ったものの、自然治癒に近い状態で悪化せず、死因は餅をのどに詰まらせたことであった。平成二十三年（二〇一一）、八十六歳で亡くなった。

次男ははらからの中では最も多くの種類の病気にかかった。発病の順番からいえば、狭心症に始まり、頭頂部の腫瘍、胸部大動脈瘤、声帯麻痺および発声困難と続き、最後は俗に血液のガンといわれる多発性骨髄腫を患い、幾つもの薬の服用による副作用で腎不全に陥り、これが死因とされている。

次男は歌人であちこちの歌会の教室を主宰していたため、教室を休みにすることをためらったために病院での治療を怠り、胸部大動脈瘤肥大が進行し、結果として声帯麻痺を起こしてしまった。声を失った悲しみや苦しみは『黙坐』という歌集で鬱々と吐露している。また、多発性骨髄腫については、高齢だからという理由で弟妹はこぞって抗ガン剤の服用をしないよう勧めたけれども、薬剤にすがりついたままであった。九十歳であの世に逝った。

家族の中で故人となったのは以上の六人の他に一人いる。はらからの一番下に第九子として女児がいた。大やけどをし医者に診てもらったが助からなかった。昭和二十年（一九四五）に〇歳で天国へと旅立った。三男は臨終の瞬間に立ち会っており、まだ言葉も使えない年齢だったため、「たったたったた！」というのが最期の発声だったという。

いろりで火を炊き、暖房だけでなく、煮炊きや保温とか、餅やアユなどを炙ったり、灰の中でサツマイモやクリを焼いたりするだけでなく、新聞紙を濡らして卵を包み灰の中に入れてしっかり熱を通して半熟卵ならぬ完熟卵を作ったりなどして、火の気がない時期などほぼない暮らしの中では、はいはいする幼い子がいろりに落ちることは決して稀ではなかった。わが家では第九子だけでなく、三女、筆者、はらからと同居していた姪の三人が火傷の経験者であり、近所にもそのような子がいたことが記憶に残っている。これは大人の責任ではあるが、大人は大人で家事や農作業などにてんてこ舞いで、つい目を離す瞬間があるのはやむを得なかった。

いろりと同じく庭の池も危険な側面をもっていた。集落内のある家で女の子が池で溺れて亡くなった。そうした話のついでに三男も、昔、敷地内にある二つのうちの深いほうの池に逆さに突っ込んで、草履を履いた足が池に浮いた状態を次男が見つけて親に告げて引き上げられて助かっている。今の池はその三男が警察予備隊に行く直前に一人で改築した。昭和二十五年夏のことである。

令和五年五月現在、平均年齢八十八歳で四人のはらからが存命中である。この四人、八十歳以前は入院経験がないが、現在九十三歳の三男がエアコンで喉を痛めて数日、次女九十歳が白内障の手術で一週間ほど入院歴がある。三女八十六歳は病弱ながら入院歴はない。筆者八十三歳は八十歳になって神経痛で悩まされているが、入院歴はない。

病気になったら

人間、生きておれば病気を免れるのは難しい。集落の誰もがそうだが、昭和二十年代、両親もはらからも集落で暮らしている間は入院したことがない。もちろん、先ほど書いた母親や長女、長男、次男も最晩年には入院している。そこで入院しないでどのように病気に対峙したかが問題となる。ここで注釈をひとつ、患った病名も医学的に正しいものが記憶されているわけではないことを断っておく。

精をつける

まず母親から述べよう。先ほど書いたように、第三子の出産後病の床に就くことが多く、子どもの側からの記憶では、頭痛で苦しんでいるようだった。こめかみに膏薬（こうやく）をよく貼っていた。今から思えば片頭痛だったのか。また、低血圧や心臓、肩こり、腰痛でも苦しんでいた。どういう体調の時か記憶が定かでないが、池の鯉の血をすすっていた。血を吸った後の鯉を料理して食べた記憶がないので、多分山か野原に埋めて葬ったのであろう。淡水魚の寄生虫の害はなかったようである。集落の水事情でも触れたように、屋敷内の水に恵まれない家では庭に池を作ることができず、当然鯉など飼うことができなかったため、わが家の鯉の血を吸わせてくれと頼みにくることもあった。逆に、わが家の池に鯉がいなかった時は親戚が飼っている鯉の血を吸わせてもらっている。鯉の血が栄養補給源だったとすれば、もう一つの栄養補給源は鶏卵である。生卵の一カ所に針で小さな穴をあけて口で吸うのである。母親は次女にもよくこれを勧めていた。母親の主要な栄養源は卵だった可能性がある。

子どもがよくさせられていたのは「やいとう」だった。標準語では灸であり、「やいと」というものである。乾燥したモグサを丸めて肌に直にくっつけて線香で点火する。やいとうをすえる部位は肩や背中、腰だった。子ども心に、よくもあれほどの大きさのモグサを一度にすえられるものだと思った。次女の記憶では直径一センチはあった。そのせいでそれらの部位は火傷痕がくっきりとついていた。やいとうをする部位は決まっていた。母親の甥にあたる人で鍼灸の心得のある人が隣の集落におり、ツボの位置を教えてくれていたのである。

母親のあと一つの薬は置き薬だった。業者は二人いた。一人は越中富山の人、もう一人は母親の上の姉の嫁ぎ先の人、つまり親戚の人だった。一年に一度ほぼ決まった時期にやってきて、置き薬の交換や補充をしていた。商人は予告なしに突然やってくるので、代金の用意がないと困った事態になる。しかし、次の年まで支払い猶予というわけにもいかず、近所から借りたりして急場を凌いでいたのだろう。

はらからの中で比較的病弱だったのは長男と三女だった。長男と三女は時期は別だが、それぞれ十代前半に肋膜炎を患っている。感染源は不明だが、父親は長男に卵を食べさせるために東奔西走していた。父親亡き後、同じく肋膜炎を患った三女は、彼女のために飼育を始めたヤギの乳で栄養補給をした。ちょうど成長期にヤギの乳をたくさん飲んだので、はらからの中では際立って身長が大きく伸びている。

筆者は三女とともに幼児期に感染症のジフテリアにかかっている。医者に診てもらっているもののどのような治療を受けたかは定かでないが、家では鯉の血を吸っている。筆者は幼くて記憶はないが、三女はドロドロした血の感触を今でも鮮明に覚えている。蚊帳を吊り、二人寝かせて、水蒸気を大量に発生させていたという。

他のはらからについては特段の病歴がないのでかなり健康な家族だったようだが、当時の家族の誰もがかかる病気としては風邪、腹痛、発熱があり、常備薬を中心とした治療が行われた。

薬草の利用

病気とは言えないが、寄生虫の害はあった。いわゆる回虫である。人糞尿が畑作の重要な肥料であってみれば、回虫の害は免れない。腸内にいっぱい溜め込んでいた。排便すると大量の回虫が出てくることがあった。民間療法ではセンブリが虫下しの効能を持っていた。農作業や林業、遊びで野山を歩いていて目に止まるといそいそと引っこ抜いて家に持ち帰り、乾燥させて保存し、煎じて飲んでいた。三女はセンブリが決まってたくさん採れる山の場所を知っていた。千回煎じても苦さが減らないところから付けられた名称だという話があるが、子どもでも普通に服用していた。

このセンブリという野草にして薬草、日本三大民間薬の一つであるが、後二つはゲンノショウコとドクダミである。これらのどれもわが家では馴染みの野草だった。ゲンノショウコはやや利用頻度は低かったが、下痢止めや利尿剤の効能があるという。わが家では利尿剤として使うという意識はなかったが、下痢止めとしては利用していた。薬効がすぐに現れるところから「現の証拠」という名前がつけられたという、半分冗談のような名前の薬草だが、手軽に採取できるものだった。同じく日本三大民間薬の一つであるドクダミは下痢など消化器系の症状に効果のある薬草で、身近な薬草として乾燥保存し、よく煎じて飲んでいた。ドクダミは外用薬としてだけでなく、内服薬としてもさまざまな効能があるので、病弱な母はかなり日常的に煎じて飲んでいた。「家の中はいつも煎じ薬の匂いが立ち込めていた」と三女が回顧しているのはこの薬草の話であろう。

これらの他に下痢対策用としてウメのエキスがあった。わが家では毎年梅干しを漬けるのが普通だったから梅の木があり、ウメのエキスは自家製で常備していた。同じく病気ではないが、働いていると怪我をすることがある。家の中や近くでそのような場合には通称赤チンキという局所殺菌剤を用いた。商品名はマーキュロクロム液で皮膚や傷の殺菌消毒をする。野山や田畑でけがなどすると、ヨモギの葉を汁がでるほど手で揉んで、その汁を傷口に応急的につけていた。チドメグサといって常緑多年草のセリ科の野草もあったが、その葉で血が止まった記憶はない。これ以外では正露丸とメンソレータムも常備薬として馴染みの存在である。

出産について

これも病気というわけではないが、出産という、健康に大きく関わる営みがある。近ごろでは出産間近になると実家に帰り、陣痛が始まって産院に急行するというのが普通のパターンであるが、当時の集落の場合、妊婦は出産直前まで農作業などをするのが当たり前だったので、出産はたいてい婚家でなされていた。産婆は村内の他集落から来てもらっていたが、産婆の都合や陣痛が早まって立ち会ってもらえない場合には、姑や家族内の女性とか、集落の親戚の女性などが出産の手助けをしていた。医療に関してはまったくの素人だけの処置でも、そのために特段の不都合は起きなかった。われわれの母親の場合、次女によると、誰の助けもなしで自らの一連の出産の処置を自力で済ませることもあったという。

これは牛の出産についてもいえることで、ほとんどの場合、獣医師などは立ち会わず、父親とか長男など、家人の男が必要な処置をして仔牛の誕生を迎えていた。

熊谷村には「避病舎」という施設があった。大字で上熊谷と下熊谷の境目の、人家のない場所に設置されていた。当時流行していた結核などの伝染病患者を収容するものだったが、収容された人の具体例は知らない。該当者が少なかったのか、伝染病患者であることを隠したために世間に知られることがなかったのか、ともかく実績は不明である。

見直される自然治癒力

病気と死という枠でわが家の実態をまとめると、通院して、ましてや入院して治療することは皆無に近く、自宅で置き薬や民間療法で対応するのが普通だった。医療環境がもっと整っていればもっと安楽に長生きできたであろうが、時代も地域もそれは許さなかった。老衰による自然死、病死が普通で、自死と戦死は集落としてはそれぞれ二例だった。

令和初頭の今、コロナウイルスが猖獗（しょうけつ）を極めていて、一つには感染への不安から、他方では感染者の激増で医療機関の負担が過大で現場での対応が困難になっているために病院を訪れることができなくなっている人が増えているが、コロナウイルスのように特殊な感染症を除けば人はもっと自力で生きる能力、自然治癒力を持っていると信じたい。また、病気を未然に防ぐ自分自身への配慮も必要である。国中の職業をすべて医療関係にすることもできなければ、医療従事者を無制限に増やすことも現実的ではない。国家財政を脅かしている医療費の削減は必要悪なのである。全てを自己責任論に収斂（しゅうれん）させるものではないが、日々の暮らしに対する自己責任は問われて然るべきである。

四　日々の暮らし

奥山の日々の暮らしは、農作業や冠婚葬祭など形としてはっきり見えるものを軸として展開されるが、それらの暮らしの他に、同じことが繰り返される日々がある。ここではこれまでの章で触れなかったものを落穂拾い的に取り上げる。

食事のとき、おやつのとき

しきたりと後片付け

一日三回の食事は座敷のいろりを囲んでなされる。家族によって座る席は決まっている。いろりの自在鉤には味噌汁の鍋が吊るされ、いろりのそばの、はしりに一番近い場所に飯が入った羽釜（はがま）が置かれる。その羽釜の両隣に主婦役の二人、母と長男の妻が陣取り、家族の飯をつぐ。父親が生きていた時代には父親が上座にすわっていたが、いなくなってからは世帯主にあたる長男は上座にすわらず、妻の隣のいろり端に座を占め、その他の家族は残りの場所にすわる。

席が決まっているのと同じように、食器も家族それぞれ固有のものを使用する。そのために家族はそれぞれ自分用の膳をもつ。食器や膳は食事のたびごとに洗うことはしない。茶碗の縁に汚れが目立ってくると、家族全員の膳や食器類を洗う。洗うのは子どもの仕事で、当時洗剤などなかったので、灰を利用した。灰はいろりや風呂場の焚き口に無尽蔵にあった。サンマやイワシなどの魚は焼いて食べるのが普通だったが、直接皿に載せると皿を洗わなければならないので、新聞紙を皿の上に敷いて、その上に魚を載せて食べ、骨はその場でいろりで焼いて口にし、汚れた新聞紙はいろりの火で燃やせばよかった。

飯を炊く羽釜、料理に使う鉄鍋、湯を沸かす鉄瓶もいろりや竈で木を燃やして利用するので、当然、底には煤が瘡蓋（かさぶた）のようについた。煤は池に持っていって亀の子たわしでこそぎ落とすのだが、それがうまくいかない時は鎌で削り落として綺麗にしていた。

休憩の時間に

一日三回の食事のほかに、午前と午後にそれぞれおやつの時間があり、午前だとただ茶と漬物だけのことが多かったが、午後だと何か食べる物が用意された。このことをわが集落では「タバコにする」といっていた。「ひと休みしてタバコを吸う」ことに由来する表現であろう。そのような場合、季節にもよるが、餅やヨモギ団子やカシワ団子など餅米や粳米（うるち）を使ったもの、小麦粉を使った焼き菓子類、サツマイモ、柿、栗、炒った大豆などのほか、「やっ米」といって、米を鍋で炒ったものもあった。焼き米の訛りであろう。玄米を炒って膨らましたものには砂糖をまぶして楽しんでいた。

農繁期には、家から遠く離れた田んぼや畑で作業をする場合、往復の時間とエネルギーがもったいないので当然のことながら弁当持参となる。茶は現地で沸かす。田んぼや畑はたいてい自家の山が隣接しているので、薪に不自由することはない。水は湧き水を汲めばよいのでわざわざ家から運ぶ必要はない。箸も持参しない。山に生えているツツジの枝を鎌で切ったり削ったりして即席の箸を作る。食事が終わったらその箸は捨てる。

服装の思い出

衣服

昭和二十年代は和服から洋服への転換期である。昭和十二年生まれの三女は小学校低学年では和服にモンペ姿で通学していた。小学校で布地がくじ引きで当たることがあり、幸運にも手に入るとスカートを縫うことができた。中学校からはセーラー服が制服として常態化した。昭和十五年生まれの筆者は戦後の学制改革でスタートした小学校の第一期生であるが、一年生の当初から洋服で通学していた。幼い子は家ではまだ和服で過ごすのが普通だった。農作業では男は洋服、女は上半身は和服仕立ての半纏（はんてん）とかブラウスで、下半身は例外なくモンペ姿であった。作家の永井荷風が昭和十年代にこのモンペのことを百姓袴と呼んでいたそうだが、農作業には便利な衣服である。外出時、男は洋服、女は和服が当たり前だった。男の褌、女の腰巻きもこの時代にはまだ残っていた。

履物

代表的なものは下駄と草履、長靴、地下足袋だった。草履、長靴、地下足袋は自宅用も外出用も同じものだったが、女性の場合、別の集落の親戚、村の中心部、隣町に行くなど、改まった外出には下駄を履いていた。地下足袋は農作業では必須であったが、大人専用だった。通学には草履が常識だった。稲藁製なので、石ころだらけの山道を往復八キロ平均歩くわけだから、傷みは激しく、すぐ擦り切れて週に何足も必要だった。草履作りは大人の男の夜なべ仕事だったが、作業が追いつかないこともしばしばで、そのような場合にはほとんど草履の体をなしていないものを履いて坂道を下り、草履を売っている家に行って買って履いていた。この家は商店ではなく、ただ草履を売っているだけだった。女としては例外的に次女が草履作りを得意としていた。稲藁だけのこともあれば、布切れを編み込んだり、竹の皮を混ぜたりして、強度、装飾性を強めたりしていた。次女はほとんど毎晩のように草履作りをしていたと自慢している。しかし草履が履けるのは雪や雨の降らない日なので、雪や雨が降ると、長靴か地下足袋を履くしかなかった。昭和二十年代の半ばになると、短靴と呼ばれていたゴムや布製の靴が出回るようになったが、筆者の場合、一学年ひとクラス三十六人のクラスで二足だけ配給があり、くじ引きでやっと手に入る状態だった。しかも、せっかく当たったその靴も靴底がすぐに擦り減って、長期の利用はできなかった。

昭和二十年代の終わり頃になるとゴム草履が手に入るようになり、稲藁製の草履の欠点は二重に補われた。耐久性が高まり、雨の日でも履けるようになった。雪の日には長靴だったが、終戦直後農家を継いだ長男が早春の田ごしらえで、氷の張った田んぼで苗代の準備をするときにはまだ長靴は利用していなくて、素足だった。通学で長靴を履くときは、中に藁を敷いたり詰めたりしてサイズの不調和を修正したり、ときには唐辛子を入れて、その刺激力で暖かくしたりしたものだが、さらに家を出る直前に長靴をいろりの火で暖めて子どもに履かせる事も日常的な風景だった。昭和三十年代に入ると、通学に藁やゴムの草履は履かなくなり、布製やゴム製の靴になっていった。

革靴は昭和二十年代の後半には目にしていた。村の中学校の先生は使い古した革靴の踵のほうを上半分切り取ってスリッパを作り、校内での室内履きとしていた。ある先生は、授業中に悪ふざけなどしている生徒がいると、そのスリッパを脱いで手に持ち、生徒の頭などを殴っていた。筆者の記憶ではそのような目に遭った同級生は一人だけだった。後年、喜寿を祝う同窓会の席で殴られた当人に当時どのような思いをしていたのか質問したところ、意外にも、怨念じみた感想は持っていなかった。むしろ、言葉で傷つけた別の先生のことを深く嫌悪していた。今時の学校なら、どちらの先生もハラスメントで訴えられるレベルの仕業であった。

雨具

雨具の代表は雨傘と呼ばれる和傘である。竹の骨に油紙を貼りつけたもので、洋傘と書くこうもり傘はまだなかった。現今のこうもり傘のようにサイズの多彩さはなく、どれも同じ大きさなので、山道を登り降りする体の小さな小学生には負担の大きい雨具だった。また、山道の両側からは木の枝が伸び出ていて、それに当たると油紙が破れることもしばしばあった。登下校の途中に雨が降り出したときには、坂道を下って平地になった場所に親戚があり、そこで傘を貸してもらうことが普通にあった。こうもり傘を使うようになったのは昭和三十年代に入ってからである。現在では雪が降るときも傘をさす人が多いが、故郷では傘は雨の日に限られたものである。

もうひとつの雨具の代表は蓑と笠である。農家なので、農作業にはなくてはならない。この両品、いずれも自家製で、手作りである。蓑はシュロの皮が使われた。そのためにわざわざシュロの木を植えていた。軽くて、水を通しにくく、長持ちがした。しかしその分量は限られていたので、稲藁で編むこともしていた。稲藁のものだとあまり長持ちはしなかったが、稲藁はいくらでもあったので、編む手間さえ気にしなければいくらでも手に入れることができた。笠は無尽蔵にある竹林から孟宗竹の皮を拾ってきて、竹ひごで編んだものに貼りつけて仕上げていた。この蓑と笠、使うのは雨の日だけとは限らない。地球温暖化の進んだ今ほどではないにしても、また、標高六百メートルと高地だとしても、真夏の炎天下での農作業は過酷である。そのような際に、日除けとして活用されたことも付け加えておきたい。時代が下るにつれて麦藁帽子が普及していったのもこの時代である。

衛生事情

五右衛門風呂

この領域では風呂と洗濯、散髪、歯みがきの問題がある。

風呂は五右衛門風呂で、週に二、三回程度は沸かしていたが、毎日ではなかった。入る順番は男が優先されていた。すでに集落の水事情で見てきたように、十二軒の中で風呂に水を導く仕掛けができたのは三軒だけで、ほとんどの家が桶やバケツでその都度水を汲み入れなければならなかった。わが家は幸運な三軒のひとつで、竹の樋（とい）の操作だけで風呂に水をためることができた。

体を洗うには固形石鹸が使われた。タオルは日本手ぬぐいで共用だった。当然自動的に湯が出るわけではないので、ぬるい時は大声で家族に声をかけて追い焚き、つまり釜の火を焚いてもらうが、多くは家族のだれかが気を利かせて湯加減を尋ねることで事態は未然に処理された。逆に熱すぎるときはあらかじめ池から汲んできて風呂場に置いてある水を入れる。その水は家族が次々と入り、湯が減るので補給のためにも利用する。その時は大声で家族に声をかけて追い焚きをしてもらう。

昭和二十年代の当時、日本の地方によっては風呂水を替えないで何回も沸かし直すことがあったらしいが、わが家では水が容易に利用できたので、毎回きれいな水で沸かしていた。しかし、多人数の家族で利用する場合、今にして思えば、後から入浴する人はかなり汚れた湯の風呂に入っていたことになる。

洗濯の方法

洗濯は手洗いだった。まだ洗濯機はなかった。洗濯板を使うか、手で揉むかだった。今時のような洗剤はなく、固形石鹸か灰汁が使われた。世界には様々な洗濯の方法があり、河原で岩に衣類を叩きつけたり、岩に載せた衣類を棍棒で叩きつけて洗ったり、勢いよく流れ落ちる川水の下方の滝壺にネットを張り巡らし、その中に衣類を投げ込んで水の落下の勢いで洗濯をする例などがあるが、民族によっては川で衣類を洗うものの、その水に含まれる大腸菌が日本の基準値の二十三倍にも達する例があり、洗っているのか汚しているのかわからない話もある。しかしこれを笑ってばかりもいえなくて、下着といえども週に一回も着替えていたらましなほうだったような気がする。特に冬場は、洗って戸外の棹に洗濯物を吊るしても、さほど乾かないうちに夕方となり、寒気で衣類が氷結し、何日吊るしていても乾かず、結局、水が落ちない程度に乾いたら、屋内に吊り下げるか、こたつの中に入れて乾かすしかなかった。

散髪、歯磨き、掃除

散髪は男女、年齢によって違いがある。大人の男は床屋に行くが、高校生までは自宅でバリカンを使う。当時のバリカンは性能が悪く、たびたび毛髪が歯と歯の間に挟まれて思わず涙が出るほど痛い思いをしていた。大人の女で、パーマをかける場合は美容院に行く。はらからの母は美容院など行かず、自分で黒く染めたり切ったりしていた。高校生までの若い女は週に一回庭先で自分で髪を切ったり洗ったりしていた。

歯磨きは、終戦直後はほとんどしなかった。昭和二十年代の後半から歯磨き粉という、文字通り粉が手に入るようになり、たまには磨くことがあった。それまでは庭に生えているトクサで歯を擦(こす)ることはしていた。この草、漢字で書くと砥草なので、案外昔から歯磨きに活用されていたのかもしれない。「荒城の月」などでお馴染みの瀧廉太郎は身だしなみのひとつとしてこの草をいつも持っていて、爪を研いでいた、とインターネットで紹介されている。爪楊枝は購入したものはなかったが、一歩家を出ればすぐに木の小枝が手に入るので、歯の間を掃除していた。

掃除は屋内、屋外で比較的まめに行われた。特にお祭りとか、学校の先生の家庭訪問など来客があるときは手抜きなしだった。屋外の掃除といえば中庭だけだったので、近くの竹林から竹の枝を集めて竹箒を作れば間に合った。屋内は畳、筵、板場、戸板の桟をきれいにするよう心がけた。畳、筵、板場は自家製の手箒で掃くが、念を入れてする場合には板場と戸板の桟は米糠を袋につめた、いわゆる糠袋で磨いたものである。当時の床も戸板も天然木が使用されていたので、磨けば磨くほどみごとな艶がでたので、子どもも心にも楽しい手伝いだった。三女は父親から糠袋で磨くときは板の方向に沿って手を動かすよう指示されたと回想している。

子だくさんの子守り

われわれ兄弟姉妹は九人生まれ、二人は夭折、七人が成人に達したのだが、当時の集落は多産であり、十二人も産めば表彰された時代、つまり産めよ増やせよの時代だったせいか、他家でも三、四人から七、八人の家が多かった。国家目標として掲げられたのが「一家庭五児」の時代環境の成せる技であった。時が流れ、長男以外は他府県、他都市で家庭を築いたので子守りの問題は一様ではないが、昭和二十年代の当時、家を継いだ長男の場合、六人の子どもをもった。その六人の子どもの守りは野良に出る長男夫婦以外の家族が担当した。六人のうち、年齢が上のほうは祖母とか、小学校高学年の三女がおむつ替えも含めて主に担当し、筆者もたまに手伝った。六人のうち、年齢が上のほうがある程度成長すると、その子たちが年下の面倒をみた。しかし基本的には三世代同居が当たり前の時代だったので、子守りや育児の中心的な担い手は祖母だった。

子守りは、現在のように、教育論的視点から云々するレベルではなく、ストレートに命に直結する営みだった。すでに書いたことであるが、われわれはらからの三男は庭先の池にうつ伏せになって浮いていたところを次男が発見し、親が駆けつけて一命を取り留めた。三男はそのことを終生感謝の念をもって回顧している。集落で水に恵まれて敷地内に池がある家が四軒だけで、その利便性をこれまで書いてきたが、こと子守りの視点からいえば、池は危険な場所だったのである。現にある家では子どもがひとり湧き水を溜めた池で命を落としているし、別の集落のわが家の親戚の家でも同じような悲劇を経験している。

池と同じように危険で、ある意味、池以上にどの家庭でも気をつけなければならなかったのはいろりである。これもすでに書いたことであるが、わが家ではわれわれはらからの末子がはいはいしていろりに転がり落ち大やけどをし、すぐに隣町の医者に連れて行ったが、助からなかった。長男の子の一人も頭にやけどの痕を残している。同じことは集落のほかの家でも例がある。忙しい農家では四六時中張り付いて子守りをするゆとりはなかったのである。

家畜とペット

昭和二十年代の当時、集落で飼っている動物といえば牛と鶏だった。唯一わが家では一時期山羊を飼っていたが、ほんの数年間だけのことだった。病弱な三女のために山羊乳を欲したのである。池がある家では鯉を飼っていたが、これは純粋に観賞用とはいえず、血を吸うためという実利的な目的もあった。純粋に遊び目的だったのは、ある年寄りが鳥黐(とりもち)でヤマガラを捕まえて竹籠で飼っていたことだけである。一般的な家庭でペットといえば犬と猫だが、犬を飼っていた家は一軒もなかった。猫を飼っていた家が一軒だけあった。農家だから鼠はかなりいて、夜など天井裏で運動会のような騒々しい音を立てていたが、それでもやはり他の十一軒は猫を飼っていない。猫の餌代さえも惜しむほど生活が逼迫していたのかとも考えられるが、ゆとりのある家もあったからその論は成立しない。ただ、鼠退治については蛇が貢献している。母家の屋根裏からたまに蛇が落ちてくることがあったから、蛇が鼠を追っかけていたのだろう。ただその蛇、人間の味方とは限らない。鶏の卵を盗む常習犯だからである。卵を呑んでいる蛇を見つけると、追い払ったり、場合によっては捕まえて殺し、庭で金属の器で煮てから細分し、鶏の餌にすることもあった。鶏の餌は家の周囲の雑草が十分あったから、蛇を餌にするのは復讐のためだけである。ペットのいない生活など考えられないというのであれば、牛と鶏がその役割を果たしている。牛も鶏も家族にとってはちゃんとペットなのである。牛はふだんいっしょに暮らす家族以外の人間が近づくと威嚇するような声を出す。例えば、異郷の地で暮らす人間が帰郷して牛小屋に行くと興奮して敵意を示すし、庭で遊んでいる鶏は家族の姿を見つけると、後を追っかけてくる愛らしい存在なのである。

方言覚え書き

方言は時代的な特徴よりは地域的なそれのほうが色濃く出ている。そのため、この項目では時代的区分を考慮しないで、当時流布していた集落の方言をまとめておきたい。ただ、いずれも故郷固有の方言とはいえず、むしろ岡山県で広く使われているものであったり、「けなりい」などは、平安時代から京都をはじめかなり広い地域で使われていたり、江戸時代初期の笑い話集で、「近世日本の笑い話の祖」と評される『昨日は今日の物語』（平凡社）でも使用例があった。念のため調べてみると『広辞苑』にも載っていて、「異（け）なり」を形容詞化した語で「うらやましい」の意味だという。「異（け）なり」とは標準的ではないという意味から転じて「羨ましい」となったのであろう。それ故、方言と断定しづらいものであるが、逆に標準語というには抵抗がある。ドイツには共通語というものがあるのに対して、日本では日常的なレベルだと方言と標準語という分類しかないが、この表現は日本のかなり広い地域で使われている方言といってもよいほどのものである。以下の表に掲げたものも、由緒ある古語だったりする可能性もあるが、検証はしていない。以下、方言の一部を例示する。

◇上段が方言、下段が標準語の意味

あしたり　↓明日

頭がようなった　↓頭痛が治った

頭がわりい　↓頭痛がする

あまる　↓腐る

あんごう　↓馬鹿

イガ、グイの葉　↓サルトリイバラの葉

行くまあ　↓行かないだろう

いけりゃーせん　↓良くない、行けない

うしんがあ　↓牛鍬、唐鋤

うずないい　↓むずかしい

ええあんばいで　↓よい天気ですね

おえん、おえりゃーせん　↓できない、良くない

おけんたい　↓当たり前（京ことばの由、国内でかなり広い地域で使用例あり）

おせ　↓大人

お茶でも食べんせえ　↓お茶でも飲んでください
おつ　↓汁物
おとでえ　↓兄弟姉妹
おとんぼ　↓末っ子
かど　↓中庭
きょうてえ　↓怖い
きょうる、きょうらあ　↓来ている
きよこ　↓背負いこ（運搬具）
けなりい　↓羨ましい
こってい（牛）↓牡牛
こねえな　↓このような
こみゃーこと　↓細かいこと
じいさんばあさん　↓シュンラン（植物の春欄、日本の他地域で「じじばば」とも言われる。）
じゃけえ、じゃから　↓だから
しゃじなっぽう　↓イタドリ
しんしゃあ　↓しなさい
しんじゃあ　↓スカンポ

すえー　↓酸っぱい
せえから　↓それから
せえじゃから　↓それだから
せえでも　↓それでも
そうき（沖縄でも同じ意味で、同じ方言が使われている。）↓竹ザル
そぎゃんこと　↓そんなこと
たあぎゃーは　↓大概は
ちったあ、ちいたあ　↓少しは
ちょうでえ　↓ちょうだい
でえれえ、でえりゃー、どえりゃあ　↓とても
てごう　↓手伝う
唐辛子　↓ピーマン
なんしょん　↓何をしているの
にがる　↓食べ物が腐る。腹痛
ねき　↓近く
馬鹿　↓火ばさみ（いつも口をあけている）
バシャナ　↓タカナ（高菜）

はしり（台所の意）→台所の流し
はしる　→（傷などが）痛む
ひいさ　→長らく
へいとう　→乞食
べこ　→仔牛
ぼっけえ　→とても
わし（終戦直後、男女とも、子どもも使用）→私

外からやって来る人々

このようなタイトルにすると、集落は秘境にあるという印象を与えるかもしれないが、それほど隔絶された別世界で孤立しているわけではない。ただ、学校に通う子どもを別にすれば、大人が村の中心部、いってみれば下界に降りていくことは稀なので、集落の人にとっては集落だけで一つの完結した世界が形成されていたという感は拭えない。

山里で暮らす人間の情報源は口コミが常態である。当時、テレビはもちろんのことラジオもほとんどない中で、集落以外の外界に接する機会の乏しい生活をしていると、集落内でする世間話と家族内での会話が情報の大部分を占める。そして、その主な内容は親戚や知人、隣人の消息である。

集落内では、里人たちは驚くほどそれらの人たちについて詳しく知っている。故郷を離れて特に痛感するのは、里人たちの縁戚関係に関する情報の詳しさである。どこの誰とどこの誰とがどのような縁戚関係にあるか、どこの誰がどのような境遇にあるか、まるで立板に水を流すような滑らかさで語ってくれる。同じく、家族内でも先祖について数代まで遡って語り継がれる。集落外への遠出で小ぎれいな服装をしていると、根掘り葉掘り行き先を探られる。

もう一つの情報源は新聞、学校に通う子どもたち、出稼ぎや旅行から帰ってきた里人たちである。新聞は地方紙か全国紙かを購読する家がたまにはあった。新聞は村の中心地にある新聞販売店の棚に各集落、各家の新聞が置かれており、学校帰りの子どもが持って帰っていた。通学する子どもがいない家庭では、近所の子どもがその任にあたっていた。日本全国や世界の情報は新聞が唯一の情報源だった。ラジオが集落に入ってくるのは昭和三十年前後である。例えば、「人は右、車は左」というのは現在の道路交通法によるものだが、昭和二十年代の初めまでは「人は左、車は右」、と逆だった。ほとんど車など通らない田舎の道路なのに小学生だった筆者は「人は右、車は左」と唱えて右側歩行を意識的に行なっていた。このような情報は学校を経由して大人社会に伝えられていった。「食卓」の項でも書いたことであるが、わが家のうどんの出汁の味、量が変わったのは長男が外の世界で別の食事経験をしたからであった。

メルヘンというと、日本では童話だと考えられているが、これはドイツ語で、イタリア語ではメロン（メローネ）となる。例えばペストが大流行した時代に、感染を恐れて空気のきれいな地方の城に避難した十人の貴族の若い男女が十日間にわたって物語を語り合うことで有名な『デカメロン』は、邦訳では「十日物語」とされている。同じくイタリアにある『ペンタメローネ』は「五日物語」とされていて、フランスの『ペロー童話集』やドイツの『グリム童話集』などに代表されるヨーロッパのメルヘンに原話や類話の形で多大の影響を与えている。メルヘンもメロンも、日本語で言えば御伽噺であり、ここで使われる噺という漢字を分解すると、「口頭で伝えられる耳新しい話」と解することが可能で、外からくる人はおおげさにいえば里人にとって耳新しい話の伝達者だったのである。

もう一つの情報源は集落の外からやって来る人々である。その代表格は旅回りの職人や商人である。鍋や釜、バケツなどは鉄製品で、年数が経つと底が薄くなって穴が空くので、年に一回は集落に回ってくる鋳掛屋(いかけや)にハンダなどで修理してもらっていた。ただこの鋳掛屋、同じ熊谷村内の人だったので泊まり込むことはなかったが、食事でもてなすことは怠らなかった。

しかし、竹職人や薬売りはわが家を定宿としていた。当時の家具調度品の多くは木や竹だったので、何年ももたず、大小の木の樽にはめる箍(たが)は竹が主で、竹職人が泊まり込みで新調してくれた。同じく家庭常備薬の薬売りも二人いた。一人は越中富山の人、もう一人は母親の上の姉の嫁ぎ先の人、つまり親戚の人だった。一年に一度ほぼ決まった時期にやってきて、置き薬の交換や補充をしていた。親戚のほうの業者は当然わが家を定宿としていた。

これはこの時代には普通のことで、夜は風呂を沸かし、ありあわせの酒などでもてなしながら家族といっしょに食事をし、家族の寝ている部屋を通って客間である奥の間で床に就いた。これら、いわば旅回りの職人や商人は予告なしに突然やってくるので、代金の用意がないと困った事態になる。しかし、次の年まで支払い猶予というわけにもいかず、近所から借りたりして急場を凌いでいたのだろう。

　同じことは乞食（当時の表現）についてもいえる。年に数回かある女乞食がきた。乞食のことをわが集落では「へいとう」と呼んでいて、精神的にも普通ではないので「気狂い」だといい、二つを並べて「気狂いのへいとう」と呼んでいた。乞食なのに、筆者は五円もらったことがある。母はその乞食に対して必ず食べ物を与えていた。もちろん、予告なしに来るわけだから、食べ物はあり合わせのものに限られている。母は情に脆いところがあり、自分自身が貧しく苦しい生活をしているのに、もっと苦しんでいる人を見るとほっておけなかったようで、米飯と味噌汁、漬物などを食べさせていた。ただし、屋内には入れなかった。母家の軒下には前後一メートル半ほどの幅のある土庭があり、その端には高さが三十センチほどの縁石が並べられており、母はその石に座らせて食べさせていた。この庭を故郷では「くつのぎ」と呼んでいた。「沓脱ぎ」の訛った表現と思われるが、母はその乞食に、集落内には豊かな家があるのだからそこへ行くようにと促したけれども、その家は何も恵んではくれないということだった。そうしたやりとりの中で、母は各地を遍歴する乞食から外界の話を熱心に聞き出していた。閉ざされた山奥で暮らしていると、外の情報に飢えていたのである。このようなことを思い出すにつけ、その乞食がどうして標高差三百メートルもの山道を登ってまでわれわれの集落に来たのか未だに謎である。

　集落の外の情報に関して、伝達の媒体は以上の二種類であるが、その内容は世間話という枠組みにまとめられる。しかし情報はこの枠に収まらないものも当然ある。以下はその一端である。

音楽や芸能など都市型の文化に属するものとは無縁の生活だった。ましてやクラシック音楽など学校教育の中でしか耳にできないものだった。そのせいか、わが家のはらからは全員、音楽には疎い。三女が京都暮らしを始めて、音楽喫茶店に入り浸ってクラシック・ファンになっているだけである。筆者はドイツ文学を専攻した縁で、ほぼ五十年ほど大学や短期大学の音楽専攻の学生に公的な授業として、あるいは個人的な資格でドイツ語のレッスンをしており、音楽学科の教授やオペラ歌手、自衛隊音楽隊の有名な歌姫、ドイツやオーストリアなどの劇場で舞台に立つオペラ歌手何人もの活躍に関わっている。面はゆい立場である。

文学に関しては次男が教育熱心な父親の希望で師範学校に行き、短歌の世界に目覚め、学校教師のかたわら歌人として生涯を全うした。師範学校卒業後一時期中学校の国語の教師になったおかげで、その導きにより三男は俳句の世界を知り、二十代から句作を続け、八十代になって句集の自費出版をしている。同じく次女と三女も次男の影響で小説の世界に触れる機会があった。そのせいか、二人とも八十歳を過ぎてもエッセイ教室に通い、せっせとエッセイを書いている。三女はその勢いでエッセイ集の自費出版をしている。その中の一文は、今回、本書の末尾に転載させてもらった。長男は独学で漢詩をたしなみ、筆者は高校卒業までずっと下校時の山道を新聞を読みながら登っていた。家中探しても本など三十冊もなかったので、大学に入っても都会出身の同級生のような読書経験がなく、肩身の狭い学生生活を始めている。

暮らしの安らぎ

昨日と同じ今日があり、今日と同じ明日がある。山奥の日々の暮らしは同じことの繰り返しである。それは一年のうちだけでなく、年を越えても同じである。変化があるとすれば、季節の変化に伴う農作業の違いだけである。もちろん、自給自足の生活で地産地消が唯一の生活様式であるから、季節の変化に応じて食材としての収穫物の違いはある。それ以外でいえば、年長者は歳を取り、若者は成長する。成長し、家業を継がない若者は家を出て進学か就職をする。このようなほとんど変化のない生活をすることには、外の世界では二様の反応があるだろう。果てしなく同じことの繰り返しをするだけでは息が詰まる、いや、同じことをしておればこれまでと同じ生活を維持することができる、と。

山奥で暮らしていると、これまでのような暮らし方以外は思いつかない。良くも悪くも達観である。人は達観によって生きることもできる。達観できる人間の表情は穏やかである。ひたすら苦労ばかりして生きている奥山の人の表情に安らぎがあるのは、この達観のおかげである。進歩や変化に最上の価値を置く都会人には到底受け入れられないものであろうが、進歩や変化に一喜一憂しない安定感がある。苦労や欠乏をそのまま受容する人間の安定感である。

終章

消えゆくふるさと

愚かに産みし世といへど吾ら七人ひとりも欠けず母の忌に寄る（小谷稔）

ふるさとの八十年

総じて指野は前平が住みつくのが早かったのだろう。前平の三軒がいちばん楽に水を確保できている。ミナミ家の場合、屋敷から地続きで二つ峠を越えてもまだ自分の土地だけを歩くことができ、飲料水、農業用水には恵まれていたのである。そのような好条件ながら山奥の専業農家という選択肢は今の世情では皆無で、後継者もなく、田畑ともに足を踏み入れようもなく原野に変わりつつある。

これは世の流れからいえば、ただのノスタルジーでしかない記述である。世は挙げて、都会への住民移動、集中化、効率化を目指している。非効率、不便は社会にとって負担となる。学校、鉄道が徐々に姿を消し、電気や水道、道路などのインフラの維持管理は少数派排除の方向に社会全体として動いている。

これは、何もフランスの思想家ジャン・ジャック・ルソーのように「自然に還れ」と言いたいからではない。効率化を優先する社会の動向からすれば必然的な流れだと認めるにやぶさかではない。しかし、実家の墓地に眠る自然石を含む何十基という暮石を前にすると、先祖たちの苦闘が偲ばれてならない。ましてや、傾斜した山林を切り開き、斜面を開墾して少しずつ平面を作って棚田や段々畑を作り、藩や国などの命令に従って自分たちはほとんど食べることすら許されず供出米としてお上に納入した悲哀に思いを馳せるとき、ただ世の流れだから仕方がない、と諦念だけで締めくくる気にはなれない。現に仏壇にある位牌で読むと、江戸時代の日本を襲った天明の飢饉と一年の時差でもって家族が連続して亡くなっていることが分かっている。

アイルランド民謡「ダニー・ボーイ」に、「お前は私が眠る場所を見つけてくれて、ひざまずき、別れのことばをかけてくれるでしょう」という、遠く離れて暮らす息子に向かって母親が語りかける意味の歌詞があるが、わが集落では集落全体が竹やぶと草木に埋もれてしまい、訪れる子孫も早晩いなくなることであろう。二十一世紀の半ばまでには無住の地となり、二十一世紀の終わりには何百年も前に先祖たちが挑んだ原生林に再び覆われることだろう。

たとえ令和元年（二〇一九）の後半から世界全体を恐怖のるつぼに陥れている新型コロナウイルスの感染を恐れて、人の密集した都市生活を逃れて地方に生活の拠点を移す人たちが増えるとしても、わが集落にまできて住む人はいないであろう、何しろ、サルとイノシシがわが物顔でのさばっているため、米も野菜も果樹も栽培はもはや全くできないのだから。

本書を締めくくるにあたって、最後に三女のエッセイを紹介したい。このエッセイで取り上げるできごとは大正末から昭和初期にかけてのものであるが、生活環境から見ればほぼ同じの、本書の時代、奥山という地域に生きる農民、主婦、母、妻としての生き様が臨場感をもって描かれており、ここに記録として残しておきたいと思い、エッセイ集『父のわらべ歌』から転載させてもらった。

母の手まり

貞安節子

升かがりの手まりから始まって、合計五個の手まりが出来上がった。会心の作とはとても言えないが、今年四月から始まった船穂公民館の、手まり教室に入ってからの作品である。

手まりには、在りし日の母が鮮明によみがえってくる思い出がある。

母は、八十歳を過ぎたころから、冬の寒さの厳しい時期は新見の山峡の家を離れて、温暖な県南の私の家に来て過ごすようになっていた。今から思えば、毎年三カ月余りの月日を、十年近く共に過ごすことができたのは幸せであった。

そのころ、仕事から帰ると、母との夜々の語らいが続いた。

母は娘のころ、花嫁修業として、母の生家から三キロばかりの山奥にあった菩提寺に、他家の娘さんたちと一緒に住み込んだ。そこで織物や縫物を教わる傍ら、手まりもかがったという。それを聞いて、私も作ってみたくなった。

ある日のこと、私は母に、

「お母さん、手まり作ってよ。私も習いたいから教えて」

「さあ、覚えとるかなあ……」

母は、透明の窓ガラスの向こうに見える如月の空に、見るともなく目をやった。その時の母には、彩りよくかがれた思い出の手まりと、懐かしい父母や自分の娘のころがよみがえってきたのだろうか。やがて明るい顔になった母は、

「何とかできるじゃろう」

その声には力がこもっていた。

私は、綿やしつけ糸、刺しゅう糸や針など、一式揃えて母の前に置いた。

母は、それらを手に持ったり放したりして何度かそれを繰り返していたが、やがて手が動き始めた。色鮮やかな美しい糸を、思いがけないほどのしなやかさで操る手の動き。長年農家で苦労してきた母とは思われない優雅さである。それは私の初めて見る母の姿であった。

一心に手を動かす母、その時の母を見ていた私は言葉が出なかった。私が話しかけることで、近くまで手繰り寄せてきた娘のころの記憶が、一瞬にして消え失せてしまうのではないか、それが心配だった。しかしまた一方では、若返ったような母の顔が、体が、目に見えないやさしいベールに包み込まれているような、そんな時間が流れた。

視力もかなり衰えているはずなのに、一生眼鏡をかけることもなく老いてきた母だったが、軽やかな手さばきで、ゆっくりと手まりは形を整えていった。母は自分の世界へと入っていった。

私は無言で、ただ母の手元を見つめていた。今から思えば、母の心には、手まりかがりを通して自分の

父母の面影を追い、兄二人、姉二人を持つ末っ子として愛されて育てられた娘時代までの、語り切れないドラマが巡っていたのだと思う。手まりをかがりながら、やがて母は淡々と語り始めた。

家で、家事や野良仕事の手伝いをしていた二人の姉たちがある時、親に抗議したという。「どうして久代（母の名前）だけ寺に行かせて習いもんさしてやるん？　うちら、なんもしてもろうとらんのに……」

その抗議がどの程度のものだったのか今となっては知る由もないが、間もなく母は山寺から家に帰らされたという。

やがて十八歳になった母は、山続きの別の集落に住む父のもとに嫁ぐことになった。

母の両親は、母の嫁入りの荷と共に、持参金に当たる仔牛一頭を添わせた。成牛となると毎年子を産んで、現金収入として大いに家計の助けとなる。これから始まる娘の苦労を、すでに両親は予感していたのかもしれない。

山間のいくつもの谷を渡り、雑木林や杉林を通り抜けて嫁いで行った母。狭い石ころ道を仔牛と共にあるいて行く母。十八歳の母はこの道すがら、どんな未来を思い描いていたのだろう。

桔梗（ききょう）や女郎花（おみなえし）が初秋の風に揺れる中の、角隠しをした母の花嫁姿を想像するだけでも胸が痛む。

今から思えば、ここからの永い母としての女の一生が、苦難と共に生きる険しい道へと続いていたようである。

母が嫁いで間なしに、実家の最愛の母があっけなく他界してしまった。

「悲しゅうて悲しゅうて、夢の中で何度も母さんの胸にしがみついて泣いとった」

母親のもとを離れて日の浅い母は、身が裂かれるほど母親の死はつらかったようである。

私は返す言葉も見つからなかった。

「お母さんがいとおしゅうて、切のうて、なんでお母さんというものはこんなにいとおしいんじゃろう。思いっきり抱きしめてやりたい。なぜか今ごろ、しきりにお母さんのことを思うようになってきた」

八十歳を超えた母は、心のたけを切々と嗚咽（おえつ）しながら語った。

母の口から聞いた最初の話であり、また最後の言葉だった。

父が二十歳になって甲種合格となり松江の連隊に入営して行くと、男手を失った農家はたちまち行き詰った。姑は嫁である母しか頼る者がなくなると、

「久代、どうすりゃあええんじゃ。銭も米ものうなってしもうた。困ったもんじゃ。どうすりゃええ?」

そしてオンオン泣いたという。母はその度に実家に援助を求めに行った。

母は姑のことを、「悪気のない心根の優しい人で、この姑のことなら何でもしてあげたいと思った。ちょっと抜けたところもあったけど、おまえは（私）その姑によう似とる」

母は私に目を向けることもなく、はっきりとした口調で話した。そして続く言葉は、私を大きな衝撃の中に陥れた。

三人目の子をお産した後、休むこともなくその三日後、家から一キロばかり離れた所の田に、草取りに行ったという。産後すぐの体には、水の中に入っての草取りはとてもこたえたそうである。思うように動かない体を支えて、夏の暑い日中に四つん這いで稲株の間の草を掻き取る。そしてそれを手で丸めては足

の力で株間に押し込む。こんな仕事をたった一人でこなし、広い田を這いずり回っていた。その日草取りの最中のこと、急に空が暗くなって、帰る支度をする間もなく、山谷にとどろく雷鳴と大夕立に襲われた。雨宿りする所もないまま、ただ濡れるしかなかった。

その田は、我が家の田地の中でも最も家から遠い所にあった。なんでも、我が家に分家や婿に出す前の食べ盛りの若い子が三人も四人もいたころ、食米が沢山必要になって買い入れた田地であった。その田で、頭から下着までぐっしょりと濡れきった身で産後の母は何とか家に帰り着いた。しかし、母の仕事はこれで終わりではなかった。

家から谷川に沿って四百メートルほど下った所に、親戚が所有する水車があった。我が家では、精米をするためにその水車を時々借りていた。父は軍隊に行った後で男手はなく、すべてのことが母の肩にかかっていたのだ。

母はずぶ濡れの着物を着替える暇もなく、降りしきる雨の中をその水車に米を取りに行った。産後すぐの体には、重い米を背負って坂道を登って帰ってくるということは相当きつく、やっとの思いで家に帰り着いたという。濡れ切った着物を脱ぐ気力も無くなっていた母は、姑のいたわりの言葉を、遠く幻聴のようにに耳にしながらその場に倒れてしまった。

それから病床に伏す身になった母は、姑の手厚い看護によって徐々に回復はするが、ついにもとの健康体にはもどれなかった。

手まりをかがりながらの母の語りは、生きてきた道程のほんの一断面に過ぎないと思う。私はそれを聞いて、感動したり涙したりしているうちに、手まりは次々と仕上がっていた。

思えば、私の子ども時代の母は、昼間でも床に就いていることが多く、家の中はいつも煎じ薬の匂いが立ち込めていた。時折、母の甥にあたる鍼灸師にきてもらって治療を受けていた母だった。

私の上には三人の兄がいるが、男ながら炊事は人並みにこなし、針仕事も簡単なものはできた。それもみな、母が十分にできなかったゆえに身についた技であった。

痴呆の兆し見え来し母の華やかに手鞠をかがる手わざ確かに
（小谷稔）

母の、手まりをかがるしなやかな手さばきを見ながら、私にはもう一つの母の像が生まれた。産後の大病とその後遺症の長い苦しみ。そんな苦労ばかりしていた母だと思ってきたが、こんな華やかな手まりかがりをする娘時代があったのだ。それが今、生き生きとよみがえっている。暖かな春の陽に注がれているようなそんな思いが私の胸に広がった。

母の手まりで、今一つ心残りなのは、母の娘のころの手まり唄を聞いていないことである。母の声で、母の節回しで、母の手まり唄を聞きたかった。

この度の公民館の手まりかがりでは、遠い日に母に教えてもらった手まりと共に、母の姿が、せつなくも懐かしく回想されてくるのである。

（平成十九年倉敷市民文学賞入選）

あとがき

本書は個人を主役としている自分史ではない。あえていうなら集落の伝記である。したがって、本書に登場する固有名詞の人名や地名は特別の意味を持たない、単なる記号である。同じように消えゆく故郷をもって、同じような運命を辿った人々や地域の痕跡を残すと同時に、そのような運命を辿った人々や地域に対する鎮魂の意を表したいと念願したことが執筆の動機である。

世の栄枯盛衰、生者必滅は理屈では分かっている。それらは歴史学や哲学、宗教学、経済学、社会学などの専門家が人間の営みを集合的動向として把握し、記述したもので、鳥瞰図としての視点を提示してくれるところに価値がある。しかし、その背後には、時代の波に翻弄され、地面を這いつくばって汗水垂らして働き、自分自身や肉親の病気や死、誕生に一喜一憂して生きた個々の人間の日常生活や心の風景が息づいていることを忘れてはならない。

本書の試みは忘れ去られた廃村の古いドキュメントでしかないという評価もあろう。しかし、実際にあった人間の営みである以上、記録し、記憶として残す価値は十分にある。さらに、将来においても、もちろん極めて特殊なものではあろうが、このような生き方もあり得るという積極的な側面があることもつけ加えておきたい。

令和五年（二〇二三）五月一日現在で、両親、長女赤木愛美、長男小谷覚、次男小谷稔はすでに鬼籍に入っており、三男竹本正（新見市在住）、次女伊藤美春（大津市在住）、三女貞安節子（倉敷市在住）、筆者小谷裕幸（鹿児島市在住）の兄弟姉妹四人が残っており、四人の記憶がここに文としてまとめられた。夕刻、生家の庭からはるか西方を望むと、目線よりやや高く中国山脈の峰々が夕陽の中に浮かび上がる。本書を通してそれぞれの人生を反映する文章に込められた四人の兄弟姉妹の心境は次の句に集約される。

故里に踏破せし峰数へけり（竹本正）

本書は、出版を快諾してくださいました冨山房インターナショナルの坂本嘉廣会長、出版にご厚情あふれるご支援を賜った坂本喜杏社長のお力添えに加えて、本作りの妙技を披瀝し、精緻な編集をしてくださいました安仲祐子さんのお力があって始めて成り立ったものであり、ここに深甚なる感謝を捧げるものである。

令和五年五月

小谷裕幸

参考文献

マーク・ボイル『僕はテクノロジーを使わずに生きることにした』 吉田奈緒子訳 紀伊国屋書店 二〇二一年
昭和万葉集編集委員会『昭和万葉集 巻九』 講談社 一九七九年
貞安節子『父のわらべ歌』 自費出版 二〇一七年
小谷裕幸編著『続はらから六人集』自費出版 二〇一二年
槇佐知子『日本昔話と古代医術』 東京書籍 一九八九年
シブクマール『パンチャタントラ物語』下川博訳 筑摩書房 一九九六年
与謝野晶子『みだれ髪』 角川書店 一九八三年
グリム兄弟『グリム童話全集』（全三巻）高橋健二訳 小学館 一九七六年
竹本正『草いきれ』 自費出版 二〇一四年
グスタフ・クライトナー『東洋紀行』（全三巻）大林太良監修、小谷裕幸・森田明訳 平凡社 一九九二年
君島久子「幻の夜郎国——竹王神話をめぐって」（『東アジアの創世神話』所収）弘文堂 一九八九年
正岡子規『正岡子規集』（『日本現代文學全集16』）講談社 一九六八年
正岡子規『子規全集 第一巻』（「寒山落木」）講談社 一九〇五年
インド古典説話集『カター・サリット・サーガラ』（全四巻）岩本裕訳 岩波書店 一九八九年
小谷稔『牛の子』 短歌新聞社 二〇〇六年
小谷稔『歌集 秋篠』 現代短歌社 二〇一三年
小谷稔『黙座』 現代短歌社 二〇一六年
小谷稔『歌集 大和くにはら』 青磁社 二〇一九年
磯田道史『武士の家計簿』新潮社 二〇〇三年
松本弥『図説 古代エジプト文字手帳』 弥呂久 一九九四年

笈川博一『古代エジプト』　中央公論社　一九九七年
『コーラン』(全三巻)　井筒俊彦訳　岩波書店　一九七四年
『コーラン』　藤本勝次責任編集　中央公論社　一九七九年
山本由美子『マニ教とゾロアスター教』　山川出版社　二〇〇〇年
網野善彦他編『人生の階段』　福音館書店　一九九四年
「熊野観心十界曼荼羅」　熊野速玉神社
屋名池誠『横書き登場』　岩波書店　二〇〇三年
ダンテ『神曲』　平川祐弘訳　河出書房新社　一九九二年
川喜田二郎『鳥葬の国』　講談社　一九九二年
国東文麿他『図説　日本の古典8　今昔物語』　集英社　一九七九年
神崎宣武『日本人の原風景』　講談社　二〇二一年
『日本の昔ばなし』(ⅠⅡⅢ)　関敬吾編　岩波書店　一九九七年
谷川健一『蛇　不死と再生の民俗』　冨山房インターナショナル　二〇一二年
宮本常一『ふるさとの生活』　講談社　二〇一二年
宮本常一『生きていく民俗』　河出書房新社　二〇一八年
柳田國男監修『民俗学辞典』　民俗学研究所編　東京堂出版　一九八五年
『備北民報』　備北民報社　令和四年
『昨日は今日の物語』　武藤禎夫訳　平凡社　一九八一年
大岡敏昭『江戸時代の家』　水曜社　二〇一七年
小沢詠美子『江戸時代の暮らし方』　実業之日本社　二〇一六年
ボッカッチョ『デカメロン』(全三巻)　柏熊達生訳　筑摩書房　一九九七年
バジーレ『ペンタメローネ［五日物語］』　杉山洋子・三宅忠明訳　大修館書店　一九九五年

小谷裕幸（こだに　ひろゆき）

1940年岡山県生まれ。大阪大学文学部卒業、同大学院文学研究科修士課程修了（独文学）、鹿児島大学名誉教授、独語・独文学、児童文化論専攻。ゲーテの文学、マックス・フリッシュの文学、スイス社会の研究を経て、現在は説話の研究に従事している。

〈翻訳書〉『ふしぎなどうぶつえん』（サラ・バル作、1986年、冨山房）、『びっくりどうぶつえん』（サラ・バル作、1987年、冨山房）、『東洋紀行１～３』（東洋文庫：G.クライトナー著、大林太良監修、小谷裕幸・森田明共訳、1992～1993年、平凡社）、『ドナウ民話集』（パウル・ツァウネルト編、2016年、冨山房インターナショナル）。

ほかに、私家版として兄弟姉妹六人が執筆した『はらから六人集』（2003年）、『続はらから六人集』（2012年）がある。

ある限界集落の記録
――昭和二十年代の奥山に生きて

著　者　小谷裕幸

令和五年八月四日　第一刷発行

発行者――坂本嘉廣
発行所――㈱冨山房企畫
東京都千代田区神田神保町一-三　〒一〇一-〇〇五一
電話〇三（三二三三）〇〇二三
発売元――㈱冨山房インターナショナル
東京都千代田区神田神保町一-三　〒一〇一-〇〇五一
電話〇三（三二九一）二五七八
組　版――㈱冨山房インターナショナル
印　刷――㈱冨山房インターナショナル
製　本――加藤製本株式会社

ISBN978-4-86600-116-6 C0039

冨山房インターナショナルの本

ドナウ民話集

パウル・ツァウネルト編
小谷裕幸訳

ドイツ南東部に源を発し黒海に注ぐドナウ川流域に取材し、民話研究の第一人者、パウル・ツァウネルトによって編まれた百編の伝承説話をはじめて邦訳。四八〇〇円＋税

新訂版 日本童話宝玉集 上・下巻

楠山正雄編

大正4年に冨山房が創刊した『模範家庭文庫』シリーズの復刻版。上巻は神話、英雄伝説、下巻は十大昔話、諸国童話など。総ルビ。発行・冨山房企画　各巻五五〇〇円＋税

安さんのカツオ漁

川島秀一

一人の船頭の半生から見たカツオ一本釣り漁。そこには自然を敬う伝統と文化が息づいていた。漁師の日常を追いながら、カツオ漁の姿を浮き彫りにする。一八〇〇円＋税

未完のユートピア
新生・新しき村のために

前田速夫

共同性とはいかなる意義があるのか。コミュニティは何を目指し、どう取り組めばいいのか。武者小路実篤の「新しき村」再生に挑む実践的〈思耕〉の書。二八〇〇円＋税

源泉の思考
谷川健一対談集

谷川健一ほか

二〇〇七年度の文化功労者に選ばれた民俗学者・谷川健一が、山折哲雄、赤坂憲雄、網野善彦、白川静など各分野の第一人者と縦横に語り合う対話集。二八〇〇円＋税